Harry Potter™

해리포터

생명체 금고

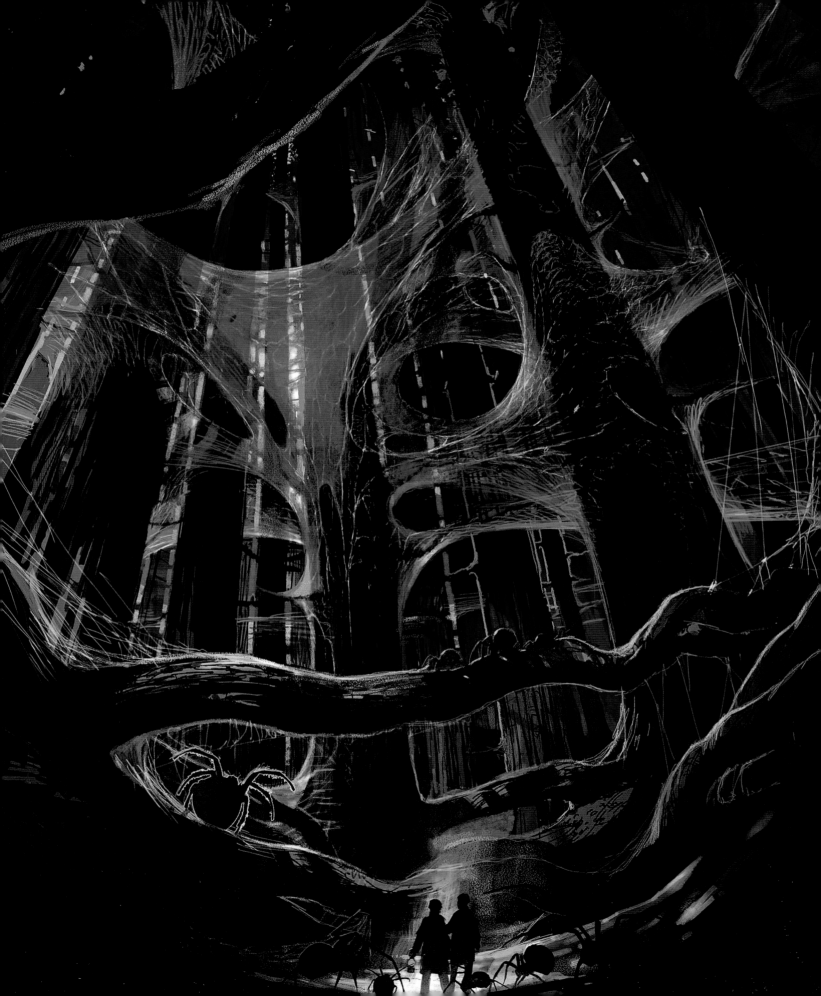

해리포터

생명체 금고

영화 속 마법 동물과 식물

조디 리벤슨 지음·고정아 옮김

문학수첩

차 례

들어가는 글

영화 〈해리 포터〉에 등장하는 생명체나 동물 들은 재미있고 위풍당당하며 무서우면서도 사랑스럽다. 이들은 호그와트 마법 학교의 학생들만큼이나 다양한 모습으로 등장한다. 영화 〈해리 포터〉 시리즈는 총 여덟 편으로 완성되었는데, 비주얼 아티스트와 프로덕션 디자이너 들이 이 독특하고 사랑스러운 마법 존재들을 어찌나 실감 나게 공들여 만들었는지, 이제는 가까운 동네 은행에서 도깨비가 일하고 있는 모습을 봐도 놀라지 않을 것만 같다. 우리는 수영을 하다가 그라인딜로우를 만나기를, 머글 학교에도 신비한 동물 돌보기 수업이 있어서 벅빅 같은 히포그리프를 탈 수 있기를 바라기도 한다.

영화 제작자 데이비드 헤이먼은 다른 영화 속 상상의 동식물과 달리 〈해리 포터〉 영화의 생명체들은 "스토리에 중요한 역할을 한다"고 말한다. 그렇기 때문에 이 신비한 생명체들을 빼놓고는 〈해리 포터〉를 이야기할 수 없다. 이들은 주인공 해리 포터에게 가르침을 주고 도전 과제를 제시하며, 궁극적으로는 우리의 영웅이 볼드모트 경과 어둠의 세력에 맞서 싸우는 데 필요한 기술과 자신감을 키워준다.

여덟 편에 이르는 〈해리 포터〉 영화 속 생명체들에 생명을 불어넣는 일은 프로덕션 디자이너 스튜어트 크레이그가 맡았다. 크레이그와 그가 이끄는 미술가, 디자이너, 애니메이터, 공예가 팀은 제작자 데이비드 헤이먼, 데이비드 배런, 연출자 크리스 콜럼버스, 알폰소 쿠아론, 마이크 뉴얼, 데이비드 예이츠, 그리고 원작자 J.K. 롤링과 협력해서 전통적 기법을 사용하는 한편, 새로운 실사와 디지털 기술들을 개발해서 특이한 생명체들을 스크린 위에 새겨 넣었다.

특히, 이 생명체들의 특징과 개성을 가장 먼저 구현한 이들은 더멋 파워, 애덤 브록뱅크, 웨인 발로, 롭 블리스, 폴 캐틀링, 앤드루 윌리엄슨, 줄리엄 캘도 같은 콘셉트 아티스트들이다. 비주얼 개발 작업 팀 롭 블리스는 계속 스

스로에게 질문을 던졌다. "이 생명체의 특징은 무엇인가? 착한가? 나쁜가? 똑똑한가? 멍청한가?" 이들이 만들어낸 작업물은 삽화가, 캐릭터 원형 조각가, 모델링 작업자, 분장사, 채색, 애니매트로닉 디자이너, 디지털 작업 팀에게 영감과 방향을 주었다. 그리고 그들 대부분이 영화 시리즈 전체를 함께 작업했다.

〈해리 포터〉 영화 1편을 시작으로 생명체 디자인의 핵심 원칙은 자연주의에 기초한 해부학과 동작이었는데 실재하지 않는 생명체에게 이는 특히 중요한 원칙이었다. 비주얼 개발 작업 팀은 실재하는 새와 말을 연구해서 히포그리프와 세스트랄의 해부학적인 움직임에 활용했고, 이것이 현실감의 토대가 되었다. 애크로맨투라 아라고그는 독거미에서 발전시켰고, 경비견 플러피의 머리 세 개는 모두 스태퍼드셔 불테리어라는 개의 품종에 기초해서 만들었다.

〈해리 포터〉 영화에는 켄타우로스, 인어, 늑대인간 같은 신화 속 반인반수들도 등장한다. 이들을 작업할 때 디자이너들은 전통적인 방식을 재해석하여 더욱 필연적이고 유기적인 형태를 만들었다. 〈해리 포터〉에 등장한 켄타우로스는 더 이상 반은 인간이고 반은 말인 존재가 아니다. 제작진은 인간적인 특징을 동물화했고, 이로써 〈해리 포

터〉의 켄타우로스는 기존 영화 속의 어떤 켄타우로스와도 다른 모습이 되었다. 인어는 순전히 물속 생명체의 특징을 지니게 했다. 인간과 늑대의 중간 상태에서 멈춘 늑대인간 펜리 그레이백은 양쪽의 특징이 자연스럽게 뒤섞인 얼굴로 창조되었다.

컴퓨터는 불가능한 것들을 화면에 담아내는 데 더없이 중요한 수단이다. 시각 효과 프로듀서 에마 노턴은 말한다. "컴퓨터 애니메이션 덕분에 우리는 용이 호그와트 꼭대기에 내려앉고 또 그 주변을 날아다니는 모습을 만들 수 있었다." CGI(컴퓨터 생성 화상)로 구현한 생명체들도 시각 효과 팀이나 특수 제작소에서 실물 크기로 모형 마케트를 만들어 색을 칠하고 털까지 심고 나면, 디지털 작업 팀이 그 모형을 사이버스캔해서 사용하는 경우가 많았다. 그리고 프로듀서와 특수 동물 효과 팀은 항상 히포그리프나 트롤 같은 생명체의 신체 구조와 움직임이 실제 같아 보이도록 신경을 썼다. 실물 크기의 움직이는 모형을 만들면 카메라맨과 조명, 그리고 무엇보다 배우들에게 큰 도움이 되었다. 실물 크기의 바실리스크 머리에 맞서거나 죽어가는 도비를 품에 안는 것은 대니얼 래드클리프(해리 포터 역)가 연기하는 데 많은 도움이 되었을 것이다. 특수 동물 효과 감독이자 특수 분장사인 닉 더드먼은 말한다. "진짜처럼

보이기 위해서라면 못 할 것이 없었다. 그래서 우리는 불을 뿜는 용을 만들었다." 그러고는 항상 불 뿜는 용을 만들고 싶었다는 말도 뒤이어 털어놓았다.

〈해리 포터〉 영화에는 마법과 신화의 동물뿐 아니라 실제로 살아 있는 동물들이 등장해 애니마구스에서부터 애완동물에 이르는 다양한 역할을 수행한다. 이 실제 동물 배우들은 동물 감독 게리 제로와 수석 동물 조련사 쥘 토트먼의 팀이 훈련하고 관리했다. 그들은 고양이의 발이 항상 따뜻하도록 돌보고, 두꺼비를 빨리 테라리엄으로 돌려보냈으며, 부엉이와 쥐, 고양이가 연기와 스턴트를 하고 나면 맛있는 간식을 먹었다.

특수 제작소와 소품 팀은 〈해리 포터〉 영화에서 마치 동물 같은 식물들을 만드는 데도 특별한 노력을 기울였다. 이 팀의 재능 있는 구성원들은 맨드레이크와 뭐든 옥죄어 버리는 악마의 덫, 실물 크기의 자동차를 두드려 패는 버드나무를 만들어냈다.

이 책은 〈해리 포터〉 영화 속 신비한 생명체들과 관련된 다채로운 이야기를 담고 있다. 독자들은 여기서 영감이 넘치는 삽화, 잊지 못할 명장면, 마법의 동식물이 만들어지기까지의 재미있는 뒷이야기 등 신비한 생명체에 관한 모든 이야기를 만날 수 있다.

제 1 장

숲속 생명체

<해리 포터> 영화에 등장하는 금지된 숲은 호그와트 마법 학교의 외곽에 있다. 수많은 생물의 서식지인 금지된 숲은 켄타우로스, 유니콘, 세스트랄, 애크로맨투라의 피난처이자 보호막이다. 숲 옆의 목장에서는 신비한 동물 돌보기 수업을 한다.

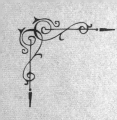

켄타우로스

켄타우로스는 인간과 말의 특성을 모두 가진 생명체 종이다. 해리 포터는 <해리 포터와 마법사의 돌>에서 벌을 받아 금지된 숲에 갔다가 켄타우로스 피렌체를 만난다. 해리가 유니콘의 피를 빨아 먹는 볼드모트와 마주쳤을 때, 피렌체는 어둠의 마왕을 공격해 해리를 구한다.

그림 1

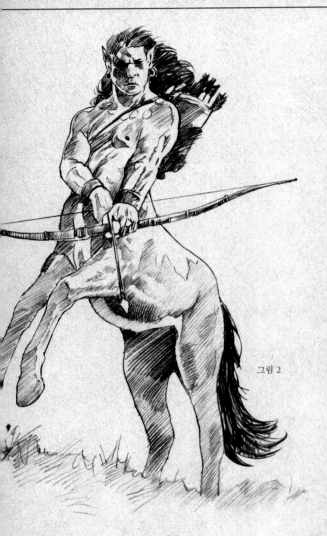

그림 2

그림 3

앞쪽: 켄타우로스 베인, 애덤 브록뱅크 채색.
그림 1. 〈해리 포터와 불사조 기사단〉의 켄타우로스, 롭 블리스 콘셉트.
그림 2. 〈해리 포터와 불사조 기사단〉의 켄타우로스, 애덤 브록뱅크 콘셉트.
그림 3. 〈해리 포터와 마법사의 돌〉의 켄타우로스, 폴 캐틀링 콘셉트 아트.

켄타우로스는 〈해리 포터와 불사조 기사단〉에서 돌로레스 엄브릿지가 벌을 받는 데에도 중요한 역할을 한다. 해리 포터와 헤르미온느 그레인저는 덤블도어 군대의 '비밀 무기'를 보여주겠다며 엄브릿지를 금지된 숲으로 데리고 갔고, 그때 베인이 이끄는 켄타우로스 무리와 마주친다. 켄타우로스에게 편견이 있던 엄브릿지는 이들과 말다툼을 하고, 켄타우로스들은 엄브릿지를 깊은 숲속으로 끌고 간다.

특수 캐릭터 디자이너들은 (돌로레스 엄브릿지와 달리) 켄타우로스를 '잡종(half-breeds)'으로 보지 않았다. 일찍이 고대 그리스와 로마의 미술가들은 이 신화 속 존재를 말의 몸에 사람의 상반신을 얹은 형태로 표현했다. 그러나 〈해리 포터〉의 특수 캐릭터 디자이너들은 이런 전통적인 표현

을 뒤집어서, 켄타우로스를 '인간화된 말'이 아닌 '동물화된 인간'으로 보았다. 그 때문에 영화 속 켄타우로스들은 얼굴이 길고 이마가 넓으며 뺨과 코와 턱이 납작하고 미간이 넓다. 인간 피부 대신 말가죽이 하반신뿐 아니라 온몸을 덮고 있으며, 머리 위쪽에는 뾰족한 귀가 달렸다.

〈해리 포터와 마법사의 돌〉에서는 피렌체를 컴퓨터로 만들었지만 〈해리 포터와 불사조 기사단〉에서는 다른 방법을 썼다. 특수 제작소는 베인과 마고리안을 표현하기 위해 '마케트'라 불리는 실물 크기의 모형을 만든 다음, 그것을 컴퓨터로 사이버스캔해서 사용했다. 촬영할 때는 마케트들을 숲에 배치해서 조명 설치와 배우들 '시선 처리'의 기준이 되도록 했다.

그림 1

"안녕, 피렌체. 자네가 우리 학생
해리 포터를 만났다는 거 알아."
—루베우스 해그리드
〈해리 포터와 마법사의 돌〉

그림 2

그림 1, 3. 〈해리 포터와 마법사의 돌〉에 쓰인 켄타우로스 머리와 얼굴. 폴 캐틀링 습작.
그림 2. 〈해리 포터와 불사조 기사단〉의 켄타우로스 머리와 얼굴. 애덤 브록뱅크 습작.
그림 4. 〈해리 포터와 불사조 기사단〉의 무기와 장신구를 장착한 켄타우로스 마고리안. 애덤 브록뱅크 일러스트.
그림 5. 켄타우로스 장신구. 애덤 브록뱅크 스케치.
그림 6, 7. 〈해리 포터와 불사조 기사단〉의 켄타우로스 머리 습작. 애덤 브록뱅크는 인간과 말의 특징을 결합하는 데 특히 주의를 기울였다.

그림 3

그림 4

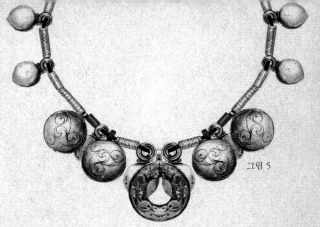

그림 5

그림 6

켄타우로스의 피부는 모형에 '플로킹' 작업을 해서 만들었다. 플로킹은 모형 전체에 접착제를 바르고 전하를 채운 다음, 여기에 반대 전하를 띤 털을 발사하는 복잡한 작업이다. 이렇게 하면 털이 꼿꼿이 선 채로 모형에 달라붙는다. 그런 다음 접착제가 마르기 전에, 그러니까 40분 안에 털을 원하는 방향으로 빗겨야 한다. 시간 안에 작업이 끝나지 않으면 처음부터 다시 시작해야 한다. 여섯 명이 한 팀이 되어 이 작업을 진행했고, 알맞은 색깔과 길이의 털이 정해진 영역에 잘 붙도록 여러 차례 리허설을 거쳤다. 그런 다음, 긴 털들을 한 올 한 올 모형에 박아 넣고 에어브러시로 정리했다. 켄타우로스 모형을 만드는 첫 작업부터 손으로 만든 무기와 장신구를 장착하는 마지막 작업까지 의상과 소품 담당자 40명 이상이 여덟 달 동안 일했다.

돌로레스 엄브릿지와 베인은 숲에서 다투고, 엄브릿지는 '인카서러스' 저주를 써서 밧줄로 베인의 목을 조르려고 한다. 이 장면을 위해서 특수 캐릭터 디자이너들은 말이 덫에 걸렸을 때 어떻게 반응하는지를 연구했다. 이들은 사람과 말이 올가미에 걸렸을 때 다르게 반응한다는 것을 알아냈다. 말은 몸을 숙이지만, 사람은 등을 펴고 위로 뛴다. 동물화된 인간 베인은 영화 속에서 이 두 가지 신체 반응이 혼합된 모습을 보여준다.

그림 7

간략한 사실

켄타우로스

1. 영화 속 첫 등장: ⟨해리 포터와 마법사의 돌⟩

2. 재등장: ⟨해리 포터와 불사조 기사단⟩

3. 등장 장소: 금지된 숲

4. **디자인 노트:** 디자이너들은 켄타우로스의 가죽을
땀에 젖어 번들거리는 순종 경주마처럼 만들고자 했다.

5. 《해리 포터와 마법사의 돌》 15장 설명:

"그리고 공터에 들어온 것은—인간? 아니, 말인가? 그 생물은
허리까지는 붉은 머리카락에 턱수염이 있는 인간 남자였지만, 그 아래는
기다란 붉은 꼬리가 달린, 윤기 나는 밤색의 말 몸통이었다."

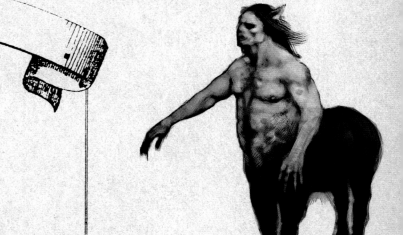

그림 2

그림 1. (위) ⟨해리 포터와 불사조 기사단⟩에서 순찰 중인 켄타우로스들, 애덤 브록뱅크 작품.
그림 2. ⟨해리 포터와 마법사의 돌⟩의 초기 켄타우로스 습작, 폴 캐틀링 작품.

그림 3, 4. 〈해리 포터와 불사조 기사단〉에 쓰인 마고리안(위)과 베인(아래)의 마케트.

그림 5. 〈해리 포터와 마법사의 돌〉에서 해리 포터(대니얼 래드클리프)가 피렌체를 만나는 장면.

그림 6. 〈해리 포터와 불사조 기사단〉에 등장한 금지된 숲의 켄타우로스. 애덤 브록뱅크의 비주얼 개발 작업은 등장인물 또는 생명체 들이 속한 환경 그대로 조명을 연출하고서 연구를 진행하곤 했다.

그림 5

그림 3

그림 4

그림 6

유니콘

"유니콘의 피를 마시면
죽음을 눈앞에 둔 사람도 목숨을 구할 수 있어.
하지만 치러야 할 대가는 가혹하지."
— 피렌체
〈해리 포터와 마법사의 돌〉

금지된 숲에서 유니콘들이 습격당하고 있다는 사실은 〈해리 포터와 마법사의 돌〉에서 밝혀진다. 유니콘은 백마를 닮은 온순한 마법 생명체이며, 이마에 나선형 외뿔이 돋아 있다.

그림 2

그림 1

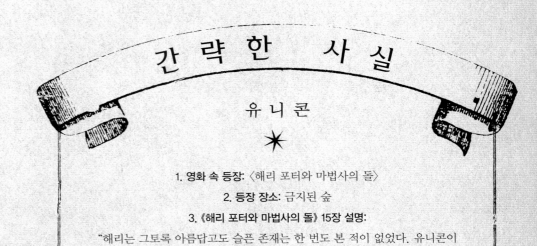

그림 1. 〈해리 포터와 죽음의 성물 1부〉에 등장한 제노필리우스 러브굿의 집 내부로, 환상적인 신화 속 생명체들과 유니콘이 함께 있다. 루나가 그린 것으로 추정되지만 영화에는 나오지 않았다. 애덤 브록뱅크 콘셉트 아트.

그림 2. 해리 포터(대니얼 래드클리프)가 켄타우로스 베인에게서 유니콘의 피를 마시는 일이 얼마나 위험한지 배우고 있다. 〈해리 포터와 마법사의 돌〉의 한 장면.

늦은 밤, 벌을 받아 금지된 숲으로 가게 된 해리 포터와 드레이코 말포이는 상처 입은 유니콘을 발견한다. 유니콘은 망토를 두른 사람 형체에게 목을 물려 피를 빨리고 있었다. 두 사람은 몰랐지만 그 이상한 형체는 볼드모트로, 그는 유니콘의 피를 빨아 먹으며 생명을 유지하고 있었다.

〈해리 포터와 마법사의 돌〉에서 유니콘은 다쳐 있기 때문에 움직일 필요가 없었지만, 제작진은 강철 골격을 가진 완전한 형체의 유니콘을 만들었다. 유니콘 가죽은 켄타우로스와 똑같이 플로킹했다. 특수 제작자들은 파두라는 이름의 말을 토대로 이 유니콘의 몸체를 만들었다. 뿔 모양은 물론 신화에 바탕을 두었다.

간략한 사실

유니콘

✶

1. 영화 속 등장: 〈해리 포터와 마법사의 돌〉

2. 등장 장소: 금지된 숲

3. 《해리 포터와 마법사의 돌》 15장 설명:

"해리는 그토록 아름답고도 슬픈 존재는 한 번도 본 적이 없었다. 유니콘이 쓰러진 바로 그 자리에 기이한 각도로 뻗어 있는 길고 가느다란 네 다리와, 거무죽죽한 낙엽 위로 진주처럼 하얗게 흩어져 있는 갈기가 보였다."

애크로맨투라

애크로맨투라는 해리 포터의 세계에서 발견되는 거미의 한 종류로, 코끼리만큼 크게 자랄 수 있다. 이들이 지닌 독특한 특징 가운데 하나는 사람과 대화하는 능력이 있다는 점이다.

그림 1. (위) 〈해리 포터와 비밀의 방〉에서 해리와 론이 아라고그의 분지에 들어서는 장면. 앤드루 윌리엄슨 묘사.
그림 2. 애크로맨투라가 가득한 섬뜩한 장면. 아티스트 더멋 파워 작품.
그림 3. 아라고그 채색 스케치. 애덤 브록뱅크 작품.
그림 4. 제작진이 〈해리 포터와 비밀의 방〉 촬영을 위해 애크로맨투라 새끼들을 금지된 숲에 배치하고 있다.

"해그리드가 한 말 들었잖아. 거미들을 따라가."

— 해리 포터
〈해리 포터와 비밀의 방〉

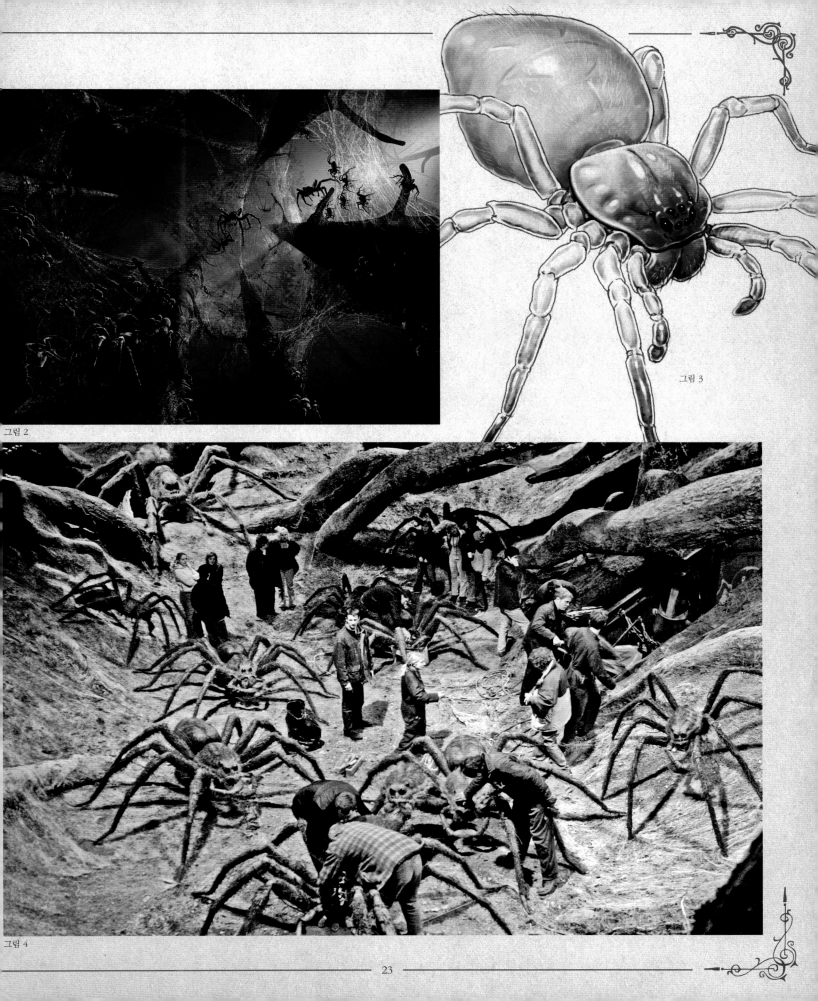

그림 2

그림 3

그림 4

애크로맨투라의 예 1

아라고그

아라고그는 애크로맨투라의 우두머리다. 아라고그가 처음 호그와트에 온 것은 〈해리 포터와 비밀의 방〉의 사건들이 시작되기 50년 전으로, 당시 학생이던 루베우스 해그리드가 그를 호그와트에 들여왔다. 호그와트의 2학년이 된 해리와 론은 슬리데린의 후계자가 누구인지 밝혀내려고 하다가 해그리드가 아끼는 이 생명체와 처음으로 마주친다. 그리고 안타깝게도, 아라고그는 〈해리 포터와 혼혈 왕자〉의 사건이 벌어지는 동안 나이가 들어 죽는다.

디자이너들은 〈해리 포터와 비밀의 방〉의 대본을 읽고 다리와 다리 사이의 간격이 5.5미터에 이르는 거대 거미가 필요하다는 걸 알았다. 처음에는 당연히 이 동물을 컴퓨터로 만들어야 한다고 생각했다. 하지만 나중에는 아라고그의 무수한 자손들은 디지털로 만들더라도 아라고그만은 그럴 수 없다고 결정했다. 애크로맨투라를 실제로 만드는 것이 비용 면에서도 CGI보다 경제적인 데다, 실물 크기의 아라고그는 걷고 말하게 만들 수도 있었기 때문이다.

아라고그는 기름으로 케이블을 움직이는 유압식 시스템 대신 물로

케이블을 움직이는 '아쿠아트로닉스' 시스템으로 만들었다. 아쿠아트로닉스는 더 매끄럽고 부드러운 움직임을 만들어낸다. 코끼리와 맞먹는 크기의 아라고그는 코끼리처럼 느긋하고 우아하게 움직여야 했다. 느린 움직임은 거미들의 조용하고 섬뜩한 움직임을 그대로 모방했다. 거미의 뒷다리는 인형 조종사들이 손으로 섬세하게 조작하고 앞다리는 기계 장치로 움직였는데, 이 기계 다리는 컨트롤러의 지시대로 움직이는 '왈도'라는 모션 컨트롤 장치로 작동되었다. 그런 다음, 아라고그의 한쪽 끝에 평형추를 달고 시소 비슷한 장치에 설치했다. 사운드스튜디오 안의 경사로에서 아라고그를 기울이면 이 생명체는 문자 그대로 앞으로 걸어갔다.

아라고그의 머리에는 음성 작동 시스템을 설치했다. 그리고 입 모양을 배우 줄리언 글러버의 녹음된 음성에 맞추어 움직이게 했다. 덕분에 대니얼 래드클리프(해리 포터)와 루퍼트 그린트(론 위즐리)는 아라고그와 실시간으로 연기할 수 있었다.

〈해리 포터와 혼혈 왕자〉를 촬영할 때는 나이 든 모습을 표현하기 위해 아라고그를 완전히 새로 작업했다. 실제로 죽은 거미처럼 투명한 빛을 내기 위해 아라고그의 몸체는 빛이 통과하는 우레탄으로 만들었다. 아라고그의 '털'은 〈해리 포터와 비밀의 방〉과 〈해리 포터와 혼혈 왕자〉 모두 똑같은 재료를 썼다. 가는 털은 빗자루의 솔로, 크고 북슬북슬한 털은 솜털 덮인 깃털과 루렉스 실로 만들었다. 털은 한 올 한 올 붙여 넣었다.

〈해리 포터와 혼혈 왕자〉에는 아라고그가 언덕 위의 무덤 속으로 들어가는 장면이 나온다. 죽어서 뒤집어진 거대한 거미의 무게감을 제대로 표현하기 위해 디자이너들은 아라고그를 본래보다 훨씬 더 무겁게 만들어야 했다. 많은 이들에게 사랑받은 캐릭터였던 만큼, 디자인 팀은 이 거미의 마지막 장면을 촬영할 때 검은 리본을 달았다.

그림 1. 〈해리 포터와 비밀의 방〉의 아라고그 비주얼 개발 작업. 작가 미상.
그림 2. (위) 〈해리 포터와 비밀의 방〉 촬영장에서 애니매트로닉 아라고그가 신호를 기다리고 있다.

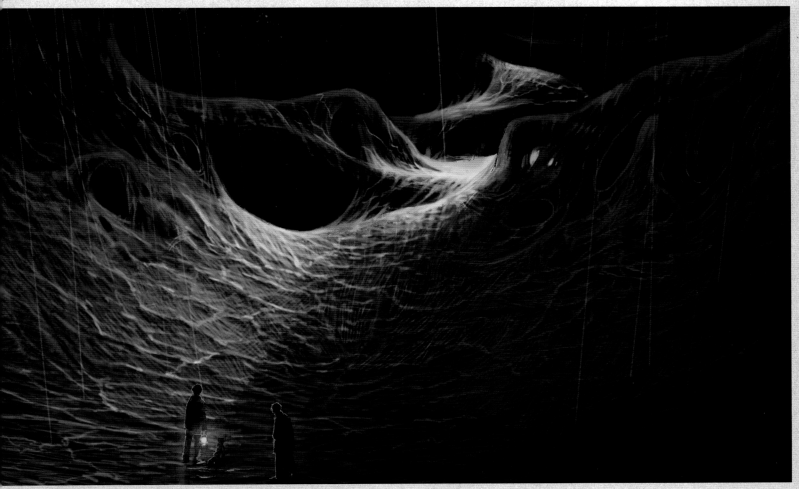

그림 3. 〈해리 포터와 비밀의 방〉에서 애크로맨투라가 날아다니는 포드 앵글리아의 운전석 옆 창문으로 론 위즐리(루퍼트 그린트)를 붙잡은 장면.

그림 4. 해리, 론, 팽은 두꺼운 거미줄로 뒤덮인 아라고그의 집을 발견한다. 더멋 파워 작품.

그림 1

간략한 사실

아 라 고 그

1. 영화 속 첫 등장: 〈해리 포터와 비밀의 방〉

2. 재등장: 〈해리 포터와 혼혈 왕자〉   **3. 등장 장소:** 금지된 숲

4. 기술 노트: 〈해리 포터와 혼혈 왕자〉의 마지막 장면에 등장한
아라고그는 무게가 750킬로그램에 달했다.

5. 《해리 포터와 비밀의 방》 15장 설명:
"돔처럼 둥글고 높으며 안개처럼 부옇게 보이는 거미줄 한가운데에서
작은 코끼리만 한 거미가 아주 천천히 나타났다. 거미의 검은 몸통과
다리에는 간간이 회색이 섞여 있었으며, 뾰족하게 솟아 있는 못생긴
머리에 달린 눈알들은 하나같이 우유처럼 탁한 흰색이었다."

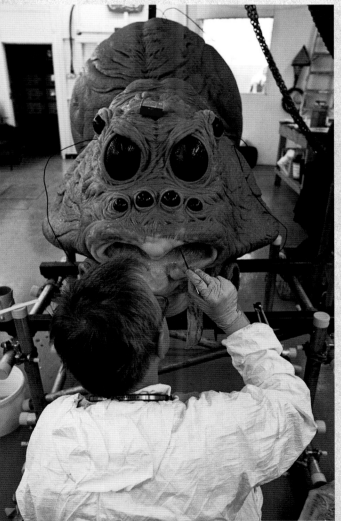

그림 4

그림 5

그림 1. 〈해리 포터와 비밀의 방〉에서 해리 포터는 아라고그와 마주한다. 더멋 파워 아트워크.
그림 2-5. 디자이너들은 특수 제작소에서 애니매트로닉을 만들고, 색을 칠하고, 에어브러시
작업을 하고, '털'을 심었다.

27

그림 1

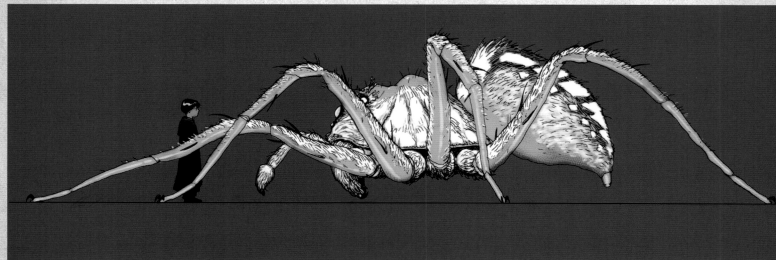

그림 1. 〈해리 포터와 비밀의 방〉에서 금지된 숲으로 간 해리와 론은 아라고그와 처음 만나게 된다. 애덤 브록뱅크 묘사.
그림 2. (위) 마법사와 생명체의 크기 비교. 애덤 브록뱅크 작품.

그림 3

그림 5

"잘 가시오, 거미족의 왕인 아라고그여.
그대의 몸은 한 줌 흙이 되어 사라질 것이나,
그대의 영혼은 그대의 인간 친구들에게
머물 것이니……."

ㅡ호레이스 슬러그혼의 추모사

〈해리 포터와 혼혈 왕자〉

그림 4

그림 3. 〈해리 포터와 죽음의 성물 2부〉 촬영장에서 에스테반 멘도사(왼쪽)와 조 스콧(오른쪽)이 아라고그의 동료를 폐허가 된 호그와트의 돌무더기 위에 조심스레 설치하고 있다. 그림 4, 5. 아라고그의 안타까운 장례식에 해그리드(로비 콜트레인), 해리 포터(대니얼 래드클리프), 호레이스 슬러그혼(짐 브로드벤트)과 팽이 참석했다. 〈해리 포터와 혼혈 왕자〉의 한 장면.

히포그리프

히포그리프는 머리가 독수리인 말로, 하늘을 날 수도 땅을 달릴 수도 있다. 루베우스 해그리드는 〈해리 포터와 아즈카반의 죄수〉에서 3학년의 신비한 동물 돌보기 수업을 담당한다. 그는 히포그리프를 만나면 제대로 예의를 갖춰야 한다고 가르쳤다. 언제나 먼저 고개를 숙여 인사하고, 이 생명체가 다가올 때까지 기다려야 한다.

그림 1

그림 2

그림 1, 2. 해리 포터(대니얼 래드클리프)는 히포그리프인 벅빅을 만나서 그의 등에 올라탄다. 〈해리 포터와 아즈카반의 죄수〉의 장면들.
그림 3-5. 더멋 파워의 벅빅 비주얼 개발 작업.
그림 4, 5. 히포그리프의 등에서 해리, 헤르미온느, 시리우스의 위치를 연구했다.

그림 3

그림 4

그림 5

그림 1

그림 2

그림 3

그림 4

그림 5

그림 6

"히포그리프에 대해서
제일 먼저 알아야 할 사실은
이 녀석들이 무척 자존심이 강한 생물이라는 거야.
아주 쉽게 기분이 상한다는 얘기지.
히포그리프를 모욕하는 일 따위는
하지 않는 게 좋을 거다.
그게 아마 살아서 하는
마지막 행동이 될 테니까.
자 그럼, 앞으로 나와서 인사해볼 사람?"

—루베우스 해그리드
〈해리 포터와 아즈카반의 죄수〉

그림 7

그림 8

그림 9

그림 10

그림 1-5, 7, 11. 〈해리 포터와 아즈카반의 죄수〉에 쓰인 벅빅 습작. 더멋 파워 작품.
그림 6. 〈해리 포터와 아즈카반의 죄수〉에서 벅빅이 해그리드의 목장에 처음 등장하는 모습. 디지털 작업.
그림 8-10. 다양한 크기의 벅빅 마케트들.

그림 11

벅빅

벅빅은 〈해리 포터와 아즈카반의 죄수〉의 신비한 동물 돌보기 수업에서 해그리드가 소개해준 히포그리프다. 벅빅은 해리에게 인사를 하고 심지어 그를 태우기까지 했다. 벅빅은 〈해리 포터와 아즈카반의 죄수〉에서 두 차례에 걸쳐 주인공들을 구출한다. 첫 번째는 해리와 헤르미온느가 늑대인간으로 변한 리무스 루핀에게 쫓길 때고, 두 번째는 해리와 헤르미온느가 시리우스 블랙을 구할 때다. 이때 벅빅은 시리우스를 태우고 호그와트 성 밖으로 날아간다.

벅빅의 디자이너들은 〈해리 포터와 아즈카반의 죄수〉에 등장하는 히포그리프를 만들 때 신화 속 히포그리프의 모습을 참고했고, 옆모습을 표현할 때는 실제 새들, 특히 검독수리를 많이 참고했다. 이들은 벅빅의 움직임을 개발하기 위해 새의 비행 동작과 말의 걸음걸이를 연구했고, 벅빅의 날개와 다리의 비율이 적절하도록 수의사와 생리학자 들에게도 자문을 구했다.

초기의 개발 스케치들은 달리기, 날기, 그리고 가장 중요한 착륙과 같은 이 생명체의 모든 동작을 시험하기 위해 컴퓨터에 입력된 모형으로 변환되었다. CGI 모형은 위엄과 장난기를 번갈아 보이는 벅빅의 성격을 탐구하는 데도 사용되었다. 시각 효과 팀은 펼친 폭이 8.5미터나 되는 벅빅의 날개가 접히는 모습을 아주 매끄럽게 만들어냈다.

제작 팀은 다양한 용도에 활용하기 위해 히포그리프의 모형 네 개를 만들었다. 이 가운데 세 개는 실물 크기였다. 벅빅이 전면에 나서는 장면에는 컴퓨터로 조종하는 지지대를 썼고, 지지대가 필요 없는 모형은 배경 장면에 썼으며, 세 번째는 유죄판결을 받은 벅빅이 해그리드의 오두막 뒤의 호박밭에 앉아 있는 장면에 썼다. 앉아 있는 벅빅은 본래의 환경인 스코틀랜드 언덕의 진흙과 바위 지대에 데려다놓고 아쿠아트로닉스로 조종했다. 이 세 개의 히포그리프는 모양이 완전히 똑같아야 했기 때문에 시간과 품이 많이 드는 제작 기법을 사용했다. 새 모양인 절반은 색깔과 크기가 똑같은 깃털을 사용했고, 하나하나 따로 자르고 색을 입힌 다음 접착하거나 끼워 넣었다. 말 모양인 절반은 켄타우로스를 만들 때처럼 복잡한 플로킹 기법으로 털을 붙이고 추가적인 털은 한 올씩 따로 꽂아 넣었다. 그런 다음 에어브러시로 색을 칠하고 마무리 작업을 했다. 네 번째 벅빅은 디지털로 만들어서 이 동물이 걷거나 날 때 사용했다.

그림 1

그림 3

그림 2

그림 1. 해리, 론, 헤르미온느
가 벅빅을 구하기 위해 해그
리드의 오두막으로 간다. 앤
드루 윌리엄슨 아트워크.
그림 2. 벅빅에 올라탄 해리,
더멋 파워 아트워크.
그림 3. 여러 히포그리프들
사이의 해리, 더멋 파워 작품.
그림 4. 해그리드가 해리에게
벅빅을 소개하는 모습, 더멋
파워 묘사.

그림 4

그림 1, 3. 〈해리 포터와 아즈카반의 죄수〉에서 시리우스
블랙, 해리, 헤르미온느를 등에 태운 벅빅. 더멋 파워 습작.
그림 2. 〈해리 포터와 아즈카반의 죄수〉에서 해리를 태우
고 날아가는 벅빅. 더멋 파워 습작.

그림 1

그림 2

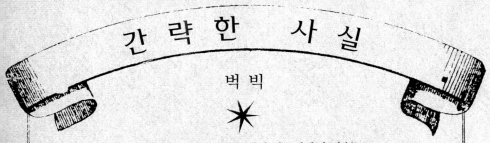

간략한 사실

벅빅

✴

1. **영화 속 등장:** 〈해리 포터와 아즈카반의 죄수〉

2. **등장 장소:** 호그와트 목장

3. **기술 노트:** 디지털 애니메이터들은 벅빅이 학생들 앞으로 다가오다가 '볼일'을 보게 했다. 알폰소 쿠아론 감독이 이 생명체에 사실성을 더하고자 했기 때문이다.

4. **《해리 포터와 아즈카반의 죄수》 6장 설명:**

"반은 말이고 반은 새인 생물을 보면 처음에는 충격을 받기 마련이다. 하지만 일단 그 충격에서 벗어나면, 깃털에서부터 부드러운 털로 매끄럽게 바뀌어나가는 히포그리프의 빛나는 외피에 감탄하게 된다."

"아름답지 않니? 벅빅에게 인사하렴."

—루베우스 해그리드

〈해리 포터와 아즈카반의 죄수〉

그림 3

37

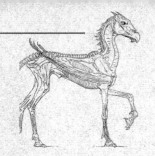

세스트랄

〈해리 포터〉 영화 1편에서 4편까지는 호그스미드 역과 호그와트를 오가는 마차가 저절로 움직이는 것처럼 보이지만, 사실은 세스트랄들이 끄는 것이다. 세스트랄은 〈해리 포터와 불사조 기사단〉에 이르러서야 그 모습을 드러냈다. 해리는 〈해리 포터와 불의 잔〉의 사건들을 겪은 후에야 이 검고 앙상하며 얼굴이 용처럼 생긴 생명체를 볼 수 있었다. 세스트랄은 죽는 모습을 보았던 사람만이 볼 수 있기 때문이다.

세스트랄은 〈해리 포터와 불사조 기사단〉에서 해리를 비롯한 덤블도어의 군대를 마법부로 실어다 주는 역할을 한다. 또 〈해리 포터와 죽음의 성물 1부〉에서는 빌 위즐리와 그의 신부 플뢰르 델라쿠르를 태워주면서 해리 포터를 프리벳가에서 구해내는 계획의 일부로 쓰인다.

세스트랄은 해리 포터의 세계에 사는 독특한 생명체로 섬세한 걸음걸이, 고래의 노래처럼 조용한 울음소리, 반투명한 박쥐 같은 날개로 신비하고 섬뜩한 느낌을 준다. 세스트랄은 컴퓨터 작업으로 완성되었지만, 특수 제작소는 펼친 날개폭이 9미터에 이르는 이 동물의 실물 크기 모형을 만들어서, 〈해리 포터와 불사조 기사단〉의 금지된 숲에 배치했다. 디지털 작업 팀은 이 모형을 사이버스캔해서 사용했다. 세스트랄은 굉장히 말랐기 때문에, 컴퓨터 애니메이터들은 골격을 섬세하게 만들었고, 얇은 피부가 뼈 사이로 '빨려 들어가지' 않도록 특히 주의를 기울였다. 이 생명체의 검은 몸은 디자이너들에게 어려운 과제였다. 어둡고 우중충한 검정은 영화 스크린에 적합하지 않기 때문이다. 디자이너들은 모형을 원작의 설명보다 연하게 칠하고, 얼룩덜룩한 무늬를 넣어 세스트랄이 숲 세트장의 그림자 속에서 우중충한 빛을 내도록 했다.

그림 1

그림 1. 〈해리 포터와 죽음의 성물 1부〉에서 여러 명의 해리 포터가
프리벳가에서 탈출하는 장면 묘사, 앤드루 윌리엄슨 아트워크.
그림 2. 〈해리 포터와 불사조 기사단〉에서 세스트랄들이 덤블도어
의 군대 구성원들을 태우고 날아가는 모습, 롭 블리스 콘셉트 아트.
그림 3, 4. 세스트랄의 머리 위에 생기는 다양한 그림자와 검은 색
조 연구, 롭 블리스 습작.

그림 2

때로는 세스트랄의 말과 같은 특징이 대본의 요구와 상충되기도 했
다. 특히 루나가 숲에서 세스트랄 새끼에게 먹이를 줄 때가 그랬다. 세스
트랄은 다리가 길고 목이 짧아서 머리가 땅바닥까지 내려가지 않았기 때
문이다. 디지털 작업 팀은 세스트랄이 기린처럼 다리를 벌리고 먹이를
먹게 하여 이 문제를 해결했다.

세스트랄이 하늘을 날 때도 몇 가지 수정이 필요했다. 이 생명체들은
〈해리 포터와 불사조 기사단〉에서는 한 명씩만 태웠지만, 〈해리 포터와
죽음의 성물 1부〉에서는 두 명을 태워야 해서 허리가 길어졌다. 하늘을
나는 장면은 공중촬영 화면과 배우들이 블루스크린 앞에서 실물 크기의
세스트랄 몸통부에 타고 있는 촬영 장면을 합성한 것이다. 제작진은 이
몸통부의 등 관절을 움직이도록 만들었고, 배우들은 이 움직임에 반응하
며 연기할 수 있었다. 제작진은 사전에 프로그래밍된 모션 컨트롤 수평
유지 장치에 세스트랄 모형을 얹은 다음, 미리 찍은 장면들에 맞추어 작
동시키는 방식으로 세스트랄이 날아가는 장면을 만들었다.

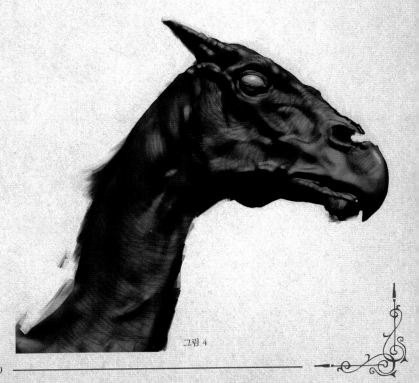

그림 4

그림 1

그림 2

그림 1. 〈해리 포터와 불사조 기사단〉에 쓰인 세스트랄 어미와 새끼 마케트. 그림 2. 특수 제작소의 캐릭터 원형 조각가 케이트 힐이 제작한 세스트랄 마케트. 그림 3. (위) 날개를 펼친 세스트랄. 롭 블리스 작품. 그림 4. 세스트랄이 폭풍우 치는 날 런던에 이르고 있다. 롭 블리스 작품. 그림 5. 대니얼 래드클리프(해리 포터)와 이반나 린치(루나 러브굿)가 〈해리 포터 와 불사조 기사단〉 촬영장에서 제작진이 시선 처리용으로 잡고 있는 세스트랄 윤곽선 모형을 보며 연기하고 있다. 그림 6. 루나와 해리가 금지된 숲에서 세스트랄 무리와 맞닥뜨린다. 롭 블리스 묘사.

그림 4

"세스트랄이라고 해.
실제로는 아주 온순하지만,
사람들은 녀석들을 피해.
약간…… 다르거든."

—루나 러브굿과 해리 포터
〈해리 포터와 불사조 기사단〉

그림 5

그림 6

그림 1

간략한 사실

세스트랄

1. 영화 속 첫 등장: 〈해리 포터와 불사조 기사단〉
2. 재등장: 〈해리 포터와 죽음의 성물 1부〉
3. 등장 장소: 호그스미드 역, 금지된 숲
4. 디자인 노트: 디자이너들은 세스트랄이 말처럼
   꼬리를 휘둘러 몸에서 파리를 쫓도록 했다.
5. 《해리 포터와 불사조 기사단》 10장 설명:
"양쪽 어깨에서 날개가 솟아나 있었는데, 가죽으로만 이루어진 크고
검은 날개는 거대한 박쥐에게나 어울릴 것 같았다. 어둠 속에 가만히,
조용히 서 있는 그 생물들은 으스스하고 불길하게 보였다."

그림 2

그림 1. 〈해리 포터와 불사조 기사단〉에서 해리 포터가 세스트랄의 등에 약간 어색하게 앉아 있다. 롭 블리스 아트워크. 그림 2. 세스트랄의 머리, 롭 블리스 습작.
그림 3. (위) 특수 제작소에 나란히 자리한 벅빅, 세스트랄, 그리고 디멘터 마케트들.

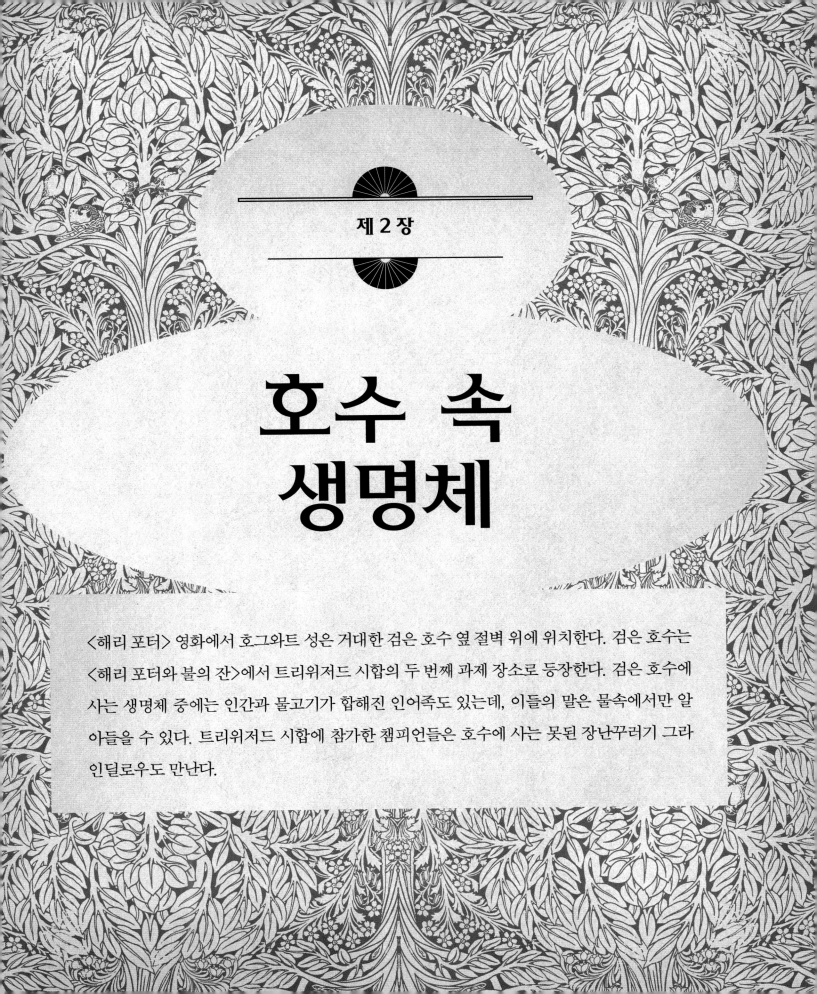

제 2 장

호수 속 생명체

〈해리 포터〉 영화에서 호그와트 성은 거대한 검은 호수 옆 절벽 위에 위치한다. 검은 호수는 〈해리 포터와 불의 잔〉에서 트리위저드 시합의 두 번째 과제 장소로 등장한다. 검은 호수에 사는 생명체 중에는 인간과 물고기가 합해진 인어족도 있는데, 이들의 말은 물속에서만 알아들을 수 있다. 트리위저드 시합에 참가한 챔피언들은 호수에 사는 못된 장난꾸러기 그라인딜로우도 만난다.

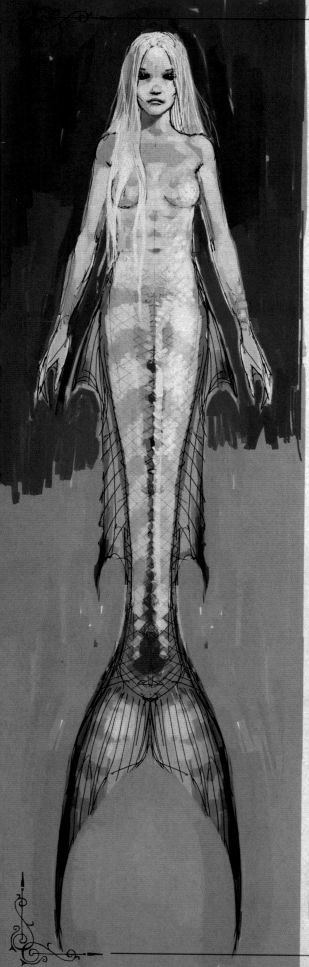

인어

창을 휘두르는 검은 호수의 인어들은 물풀과 산호 들 틈에서 챔피언들이 트리위저드 시합의 두 번째 과제의 규칙을 잘 지키는지를 감시한다.

　옛날이야기나 그림에 나오는 인어는 인간과 물고기 사이의 경계 부분이 뚜렷하다. 하지만 〈해리 포터와 불의 잔〉에 등장하는 인어를 만들 때 디자이너들은 물고기의 특성이 인어의 몸 전체에 드러나게 했다. 이 인어는 사람과 물고기, 그중에서도 철갑상어를 매끄럽게 결합해서 크고 물고기 같은 눈, 튀어나온 입을 가진 형태가 되었다. 획기적으로 달라진 또 하나의 특징은 인어의 꼬리가 위아래가 아니라 양옆으로 움직이도록 한 것이다. 비늘 덮인 피부에는 철갑상어의 단단한 굳비늘을 흉내 낸 방패 모양 비늘까지 몇 줄로 돋아 있다. 또한 디자이너들은 어둡고 우중충한 색채를 사용해서 인어의 위협적인 성격을 강조했다. 디자인이 확정되자 제작 팀은 인어를 조각하고 주조한 뒤 사이버스캔해서 컴퓨터로 생명체를 만들어냈다.

앞쪽: 〈해리 포터와 불의 잔〉에서 다리가 두 개인 그라인딜로우가 물풀 숲에서 맛있는 먹이를 먹으려 한다. 폴 캐틀링 콘셉트 아트워크.
그림 1. 〈해리 포터와 불의 잔〉에 등장한 인어의 초기 콘셉트 드로잉, 더멋 파워 작품.
그림 2. 머리카락이 문어 같은 인어 묘사, 애덤 브록뱅크 아트워크.

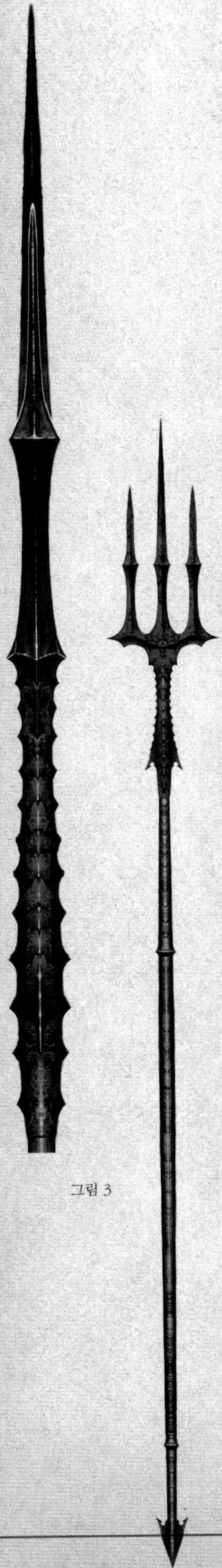

그림 3

그림 3. 인어의 창과 삼치창, 애덤 브록뱅크 작품. 그림 4. (위) 인어의 후기 개발 콘셉트, 애덤 브록뱅크 작품.

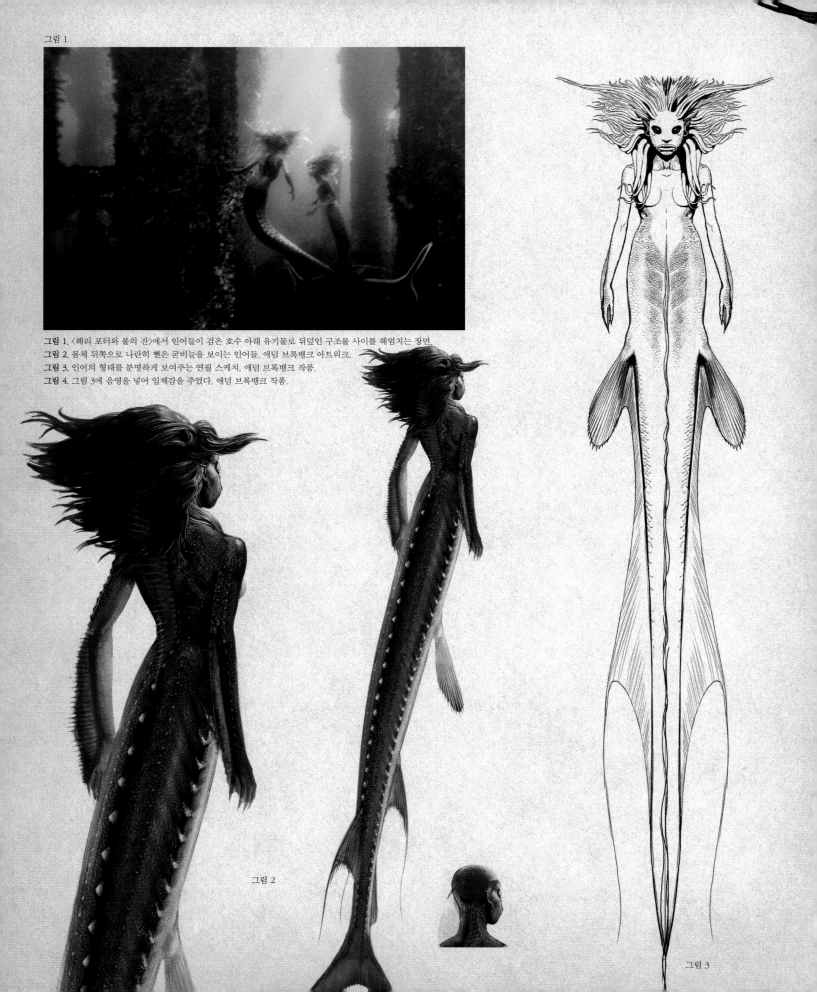

그림 1. 〈해리 포터와 불의 잔〉에서 인어들이 검은 호수 아래 유기물로 뒤덮인 구조물 사이를 헤엄치는 장면.
그림 2. 몸체 뒤쪽으로 나란히 뻗은 군비늘을 보이는 인어, 애덤 브록뱅크 아트워크.
그림 3. 인어의 형태를 분명하게 보여주는 연필 스케치, 애덤 브록뱅크 작품.
그림 4. 그림 3에 음영을 넣어 입체감을 주었다. 애덤 브록뱅크 작품.

그림 1

그림 2

그림 3

간략한 사실

인어

1. 영화 속 등장: 〈해리 포터와 불의 잔〉

2. 등장 장소: 검은 호수

3. 디자인 노트: 인어의 머리카락이 반투명한
말미잘 촉수처럼 물속을 떠다니게 했다.

4. 《해리 포터와 불의 잔》 26장 설명:
"인어들은 회색 피부에 어두운 초록색 머리카락을 길게 산발하고
있었다. 눈은 노란색이었고, 그건 듬성듬성한 이빨도 마찬가지였다.
그들은 목둘레에 자갈을 꿴 두꺼운 줄을 두르고 있었다."

그림 4

그림 5. (위) 트리위저드 시합의 두 번째 과제에서 해리를 혼내는 인어.
그림 6. (아래) 위와 똑같은 표정을 한 인어 마케트.

그림 1

그림 2

그림 3

"우리의 목소리가 들리는 곳으로
　우리를 찾아오세요.
　　우리는 땅 위에서는
　　　노래를 부를 수가 없어요.
　　　한 시간 동안 당신은 찾아야만 해요.
　　　그리고 우리가 가져가는 것을
되찾아야만 해요."

— **인어**
트리위저드 시합의
두 번째 과제에 대한 힌트
〈해리 포터와 불의 잔〉

그림 1-3. 〈해리 포터와 불의 잔〉에 등장한 인어의 머리, 애덤 브록뱅크 습작.
그림 4. (위) 트리위저드 시합의 두 번째 과제에서 해리를 돕는 인어 묘사, 애덤 브록뱅크 작품으로 〈해리 포터와 불의 잔〉에는 이 장면이 나오지 않았다.

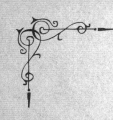

그라인딜로우

그라인딜로우는 검은 호수에 사는 작고 못된 생명체로 문어 같은 팔과 뭉툭하고 촉수가
달린 머리를 지녔다. 해리 포터는 〈해리 포터와 불의 잔〉에서 트리위저드 시합 두 번째
과제를 수행하던 중에 이들의 손아귀를 간신히 빠져나온다.

영화 〈해리 포터와 불의 잔〉에서 그라인딜로우를 표현해야
했을 때, 비주얼 개발 작업 팀은 이 물속 생명체가 어떤 모습일
지를 두고 여러 가지 아이디어를 냈다. 그라인딜로우는 작은
머리에 두 다리, 물갈퀴가 달린 두 발과 여덟 개의 손, 크고 번
들거리는 눈과 크고 뾰족한 귀를 가진 생명체로 디자인되었다.
디자이너들이 낸 아이디어 중 어떤 것은 심해의 가장 어두운 곳
에 사는 물고기처럼 빛을 냈고, 어떤 것은 개구리를, 어떤 것은
물범을 닮았으며, 또 어떤 것은 인어와 비슷한 꼬리가 달렸다.
이런 여러 가지 아이디어를 혼합해서, 그라인딜로우의 역할에
적합한 디자인을 만들었다. 특수 제작소는 기분 나쁘게 웃는
커다란 입에 뾰족한 이빨을 가득 채워서 '악동과 문어'를 혼합
한 디자인을 완성해냈다. 〈해리 포터〉 영화의 다른 여러 생명
체들처럼 이것도 실리콘으로 실물 크기의 마케트를 만들어서
채색하고, CGI 아티스트들이 애니메이션 작업을 하도록 사이
버스캔용 유리섬유 모델도 만들었다. 여기에 더해, 시각 효과
팀은 많은 수의 그라인딜로우를 간단한 조작만으로 움직이게
하는 소프트웨어를 개발했다.

그림 1

그림 2

그림 3

그림 1. 〈해리 포터와 불의 잔〉에서 물풀 숲에 빼곡히 들어찬 그라인딜로우
무리의 초기 콘셉트 아트, 폴 캐틀링 작품.
그림 2. 그라인딜로우들이 해리를 공격하는 영화 속 장면.
그림 3. 그라인딜로우 마케트.
그림 4. 빨판 촉수가 달린 그라인딜로우 디지털 마케트, 폴 캐틀링 작품.

그림 4

그림 1

그림 3

그림 2

간 략 한 사 실

그 라 인 딜 로 우

✳

1. 영화 속 등장: 〈해리 포터와 불의 잔〉

2. 등장 장소: 검은 호수

3. 기술 노트: 두 명의 스턴트맨이 그린스크린 물탱크 속에서 대니얼 래드클리프
(해리 포터)의 다리를 잡아당기고 할퀴며 욕심 많은 그라인딜로우 역할을 했다.

4. 《해리 포터와 불의 잔》 26장 설명:

"해리는…… 그라인딜로우를 보았다. 뿔이 돋친 이 물속의 작은 악마들은
수초 사이로 머리를 삐죽 내밀고 뾰족한 송곳니를 드러낸 채,
기다란 손가락으로는 해리의 다리를 꽉 움켜쥐고 있었다."

그림 1-3. 〈해리 포터와 불의 잔〉에 등장한 그라인딜로우의 신체 구조.
폴 캐틀링 습작.
그림 4-7. 그라인딜로우의 색깔, 팔, 다리, 이빨을 다양하게 탐구한
폴 캐틀링 비주얼 개발 아트워크.

그림 4

그림 5

그림 6

그림 7

그림 1

"플뢰르는 그라인딜로우 앞을 지나가지 못했어!"

—헤르미온느 그레인저
〈해리 포터와 불의 잔〉

그림 1. 〈해리 포터와 불의 잔〉에 등장한 촉수 달린 그라인딜로우. 폴 캐틀링의 완성 직전 단계의 콘셉트 아트.
그림 2. 못된 그라인딜로우의 입과 눈 모양을 여러 가지로 묘사한 폴 캐틀링의 디지털 마케트.

그림 2

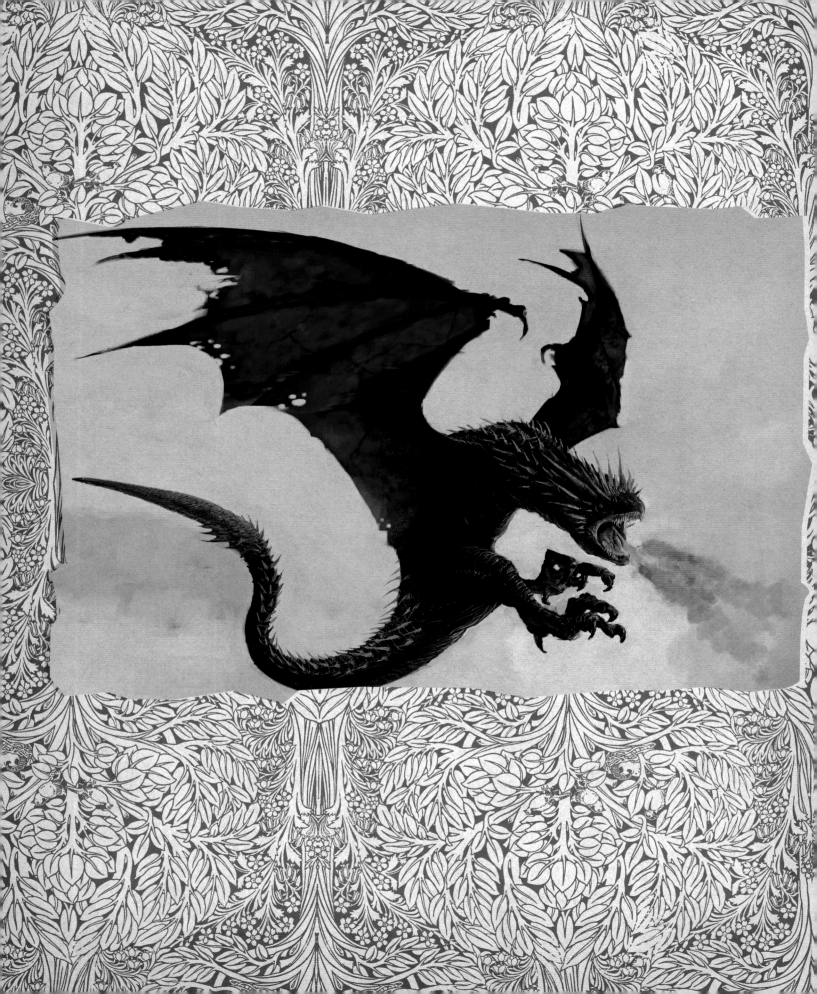

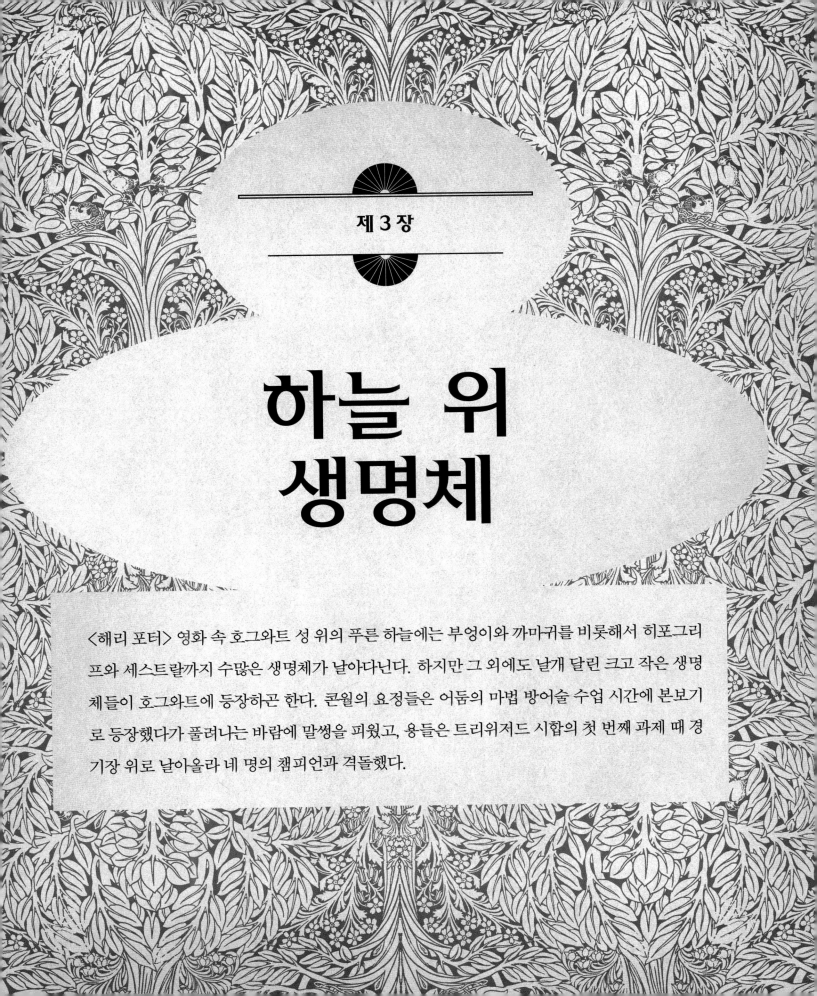

제 3 장

하늘 위 생명체

〈해리 포터〉 영화 속 호그와트 성 위의 푸른 하늘에는 부엉이와 까마귀를 비롯해서 히포그리프와 세스트랄까지 수많은 생명체가 날아다닌다. 하지만 그 외에도 날개 달린 크고 작은 생명체들이 호그와트에 등장하곤 한다. 콘월의 요정들은 어둠의 마법 방어술 수업 시간에 본보기로 등장했다가 풀려나는 바람에 말썽을 피웠고, 용들은 트리위저드 시합의 첫 번째 과제 때 경기장 위로 날아올라 네 명의 챔피언과 격돌했다.

용

불을 내뿜는 용은 〈해리 포터〉 영화에 등장하는 하늘을 나는 생명체 가운데 가장 스릴 넘치는 동물로 손꼽힌다. 제작진은 이 강력한 파충류를 표현할 때 여러 가능성을 열어두고 전통적인 기술과 신기술을 모두 사용했다. 덕분에 용을 키우고 싶어 하던 해그리드의 꿈이 짧게나마 실현되었고, 네 마리의 강력한 용은 트리위저드 시합의 첫 번째 과제에서 활약했다. 또 그린고트 은행에서는 가장 깊숙한 곳의 금고를 지키는 생명체로 나이는 들었지만 힘이 센 용을 고용했다.

그림 1

앞쪽: 〈해리 포터와 불의 잔〉에 등장한 불을 뿜는 용 헝가리 혼테일, 폴 캐틀링 작품.
그림 1, 2. 〈해리 포터와 불의 잔〉에 등장한 정체불명의 용들, 폴 캐틀링 비주얼 개발 작업.

"용은 정말 인정받지 못한 생명체야."
— 루베우스 해그리드
〈해리 포터와 불의 잔〉

그림 2

그림 1

용의 예 1

노르웨이 리지백

〈해리 포터와 마법사의 돌〉에서 해그리드는 용의 알을 얻어온다. 그리고 이 알에서 다리는 앙상하고 비늘은 회색이 섞인 초록색으로 반짝이는, 침을 질질 흘리는 노르웨이 리지백 새끼 용이 태어난다. 보통은 용을 아주 크게 만들지만, 노버트는 갓 부화한 새끼였기 때문에 더 작게 만들려고 공을 들여야 했다. 제작진은 새끼 때는 '리지백(등의 돌기)'이 별로 두드러지지 않을 거라고 판단했고, 영화에서는 다 자란 용과 비교해도 이 새끼 용의 머리와 다리가 몸에 비해 커 보이도록 표현했다. 영화 〈해리 포터와 마법사의 돌〉에서 노버트는 완벽한 디지털 작업물이었다. 새끼 용은 딸꾹질을 하다가 처음으로 불을 뿜고 이 때문에 해그리드의 턱수염이 그슬리는데, 이 불 역시 디지털로 만들었다.

그림 2

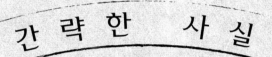

"아름답지 않니? 착하기도 해라.
봐, 이 녀석이 엄마를 안다니까!
안녕, 노버트."

—루베우스 해그리드
〈해리 포터와 마법사의 돌〉

간략한 사실

노르웨이 리지백

1. 영화 속 등장: 〈해리 포터와 마법사의 돌〉
2. 등장 장소: 해그리드의 오두막
3. 《해리 포터와 마법사의 돌》 14장 설명: "딱히 귀엽다고는 할 수 없었다. 해리는 그게 꼭 잔뜩 구겨진 검은색 우산 같다고 생각했다. 깡마르고 석탄처럼 검은 몸에 비하면 가시 돋친 날개가 너무 컸다. 주둥이의 콧구멍은 너무 넓었고, 뿔은 아직 덜 자라 뭉툭했으며, 주황색 눈은 툭 불거져 있었다."

그림 3

그림 1. 〈해리 포터와 마법사의 돌〉에 등장한 노르웨이 리지백 콘셉트 아트.
그림 2, 3. 새끼 용 노르웨이 리지백 노버트의 어색하고 볼품없는 모습, 폴 캐틀링 묘사.
그림 4. 〈해리 포터와 마법사의 돌〉에서 해리(대니얼 래드클리프)와 론(루퍼트 그린트)이 노버트의 부화를 지켜보는 장면.

"이건 그냥 용이 아니야.
노르웨이 리지백이라고!"

—론 위즐리
〈해리 포터와 마법사의 돌〉

그림 4

헝가리 혼테일

〈해리 포터와 불의 잔〉의 트리위저드 시합에서 챔피언들에게 주어진 첫 번째 과제는 서로 다른 네 마리 용이 낳은 황금 알을 하나씩 가져오는 것이다. 콘셉트 아티스트들은 다양한 용들을 스크린에 표현하기 위해 수많은 색깔, 질감, 옆모습, 날개와 꼬리 형태를 탐구했다. 해리는 마법부 간부 바르테미우스 크라우치가 들고 있던 벨벳 주머니에서 챔피언 중 가장 마지막으로 상대해야 할 용의 모형을 꺼내 든다. 해리가 상대할 용은 다름 아닌 헝가리 혼테일이다. 혼테일의 용 모형은 〈해리 포터와 혼혈 왕자〉에 다시 등장하는데, 다이애건 앨리의 위즐리 형제 마법사의 신기한 장난감 가게 앞 수레에서 밤을 굽는 데 사용된다.

〈해리 포터와 불의 잔〉의 특수 제작 팀은 신화와 매체 속 용의 이미지를 잘 알았기 때문에, 트리위저드 시합에 등장하는 용을 만들 때 '무엇을 할 것인가'가 아니라 '무엇을 하지 않을까'에 더 신경 썼다고 밝혔다. 이전까지 알았던 용과 다른 용을 창조하기 위해서였다. 비주얼 개발 작업 팀은 다양한 용을 제시했다. 그중에는 커다란 이빨이 줄줄이 박히거나, 이빨이 전혀 없거나, 이빨이 바다코끼리 같은 용도 있었다. 몇몇 디자인은 친숙한 동물을 본뜬 것이어서 용의 머리가 코뿔소, 뱀, 도마뱀, 거북 등을 닮았거나 심지어 도베르만 개를 닮은 것도 있었다. 해리 포터가 뽑은 헝가리 혼테일이라는 용은 이름 자체가 특정한 부분을 지칭했다.

용의 이름이기도 한 '혼테일(horntail)'을 어떻게 표현할 것인가에 대

앞쪽: 〈해리 포터와 불의 잔〉에서 해리
트리위저드 시합 첫 번째 과제에서 헝
혼테일과 마주친다. 폴 캐틀링 아트워
그림 1. 헝가리 혼테일 비주얼 개발 작
애덤 브록뱅크 작품.
그림 2. 헝가리 혼테일 축소 마케트.
그림 3. 첫 번째 과제를 앞두고 우리에
갇혀 있는 헝가리 혼테일이 창살 사이
로 불을 내뿜는 〈해리 포터와 불의 잔〉
의 한 장면.
그림 4. 실제 크기로 제작된 헝가리 혼테
일의 불을 내뿜는 머리가 특수 제작소
의 바실리스크 옆에 놓여 있다.

그림 1

그림 2

그림 3

그림 4

해서는 전갈 같은 꼬리, 긴 가시가 한 개인 꼬리, 가시가 여러 줄 박힌 꼬리, 끝에 가시 뭉치가 달린 꼬리 등 여러 가지 아이디어가 나왔다. 최종 선택된 디자인은 뭉툭하고 매처럼 생긴 머리, 거대한 가시가 돋친 날개, 육중한 발톱이 박힌 다리, 그리고 수십 개의 가시가 줄지어 박히고 끝에는 작은 가시에 덮인 창 모양의 큰 가시가 있는 꼬리였다.

혼테일의 움직임은 팔콘, 매, 독수리 같은 맹금류를 본떠서 만들었다. 혼테일의 날개는 함께 또는 따로 움직였으며, 혼테일은 호그와트 성의 지붕 위를 '걷거나' 박쥐처럼 날개를 접은 채 거꾸로 매달릴 수도 있었다.

특수 제작 팀은 절반 크기—몸길이 9미터, 날개를 펼친 폭 4미터—의 유리 섬유 마케트를 만들어서 사이버스캔했다. 그 후 더 큰 모형을 만들어달라는 요청이 오자, 제작 팀은 조명 설치와 시선 처리에 도움이 될 실물 크기의 혼테일 머리를 만들었다. 그런 다음 또다시 이 생명체를 실제 크기로 만들어달라는 요청이 왔다. 해리가 금지된 숲에서 우리에 갇힌 용들을 보는 장면에 사용하기 위해서였다. 결국 제작 팀은 움직이면서 불도 뿜는 무시무시한 용을 만들었다.

우리 안에 갇힌 용을 만들 때는 〈해리 포터와 비밀의 방〉에 나오는 바실리스크의 몸통 일부를 재활용했다. 혼테일이 날개를 퍼덕여 창살을 흔드는 동작은 인형 조종사들이 작업했다. 마지막으로 만든 용은 몸길이가 12미터가 넘고, 어깨 높이는 2.1미터, 날개를 펼친 폭이 21미터였다.

혼테일의 피부는 폴리우레탄으로, 가시는 송진으로 만들었다. 가시는 여섯 가지 종류로 만들었는데, 그중에는 갈라지거나 구부러지고 부러진 것도 많았다. 제작진이 오랜 세월 동안 많은 싸움을 해온 용으로 표현했기 때문이다. 혼테일의 날개는 낡아 보이게 하고 찢어내어 오랜 세월의 느낌을 더했다. 특수 효과 팀은 불을 뿜는 장면에 쓰려고 하나 더 만든 광섬유 머리에 채색을 하고 가시를 부착한 뒤, 불에 타지 않도록 주둥이에 노멕스 섬유를 씌웠다. 용이 뿜는 불은 12미터까지 뻗어나갔기 때문에, 안전을 위해 컴퓨터로 제어되는 화염 조정 장치를 추가로 설치했다. 강철로 혼테일의 주둥이를 만들었더니 불을 뿜을 때 주둥이가 붉은색으로 번쩍이면서 예상치 못한 효과를 냈다.

그림 1

그림 2

그림 3

그림 4

그림 5

그림 6

그림 1. 〈해리 포터와 불의 잔〉에 등장한 헝가리 혼테일, 폴 캐틀링 콘셉트 아트.
그림 2. 비주얼 개발 작업가 토니 라이트 쇼케이스에서 하늘에서 불을 뿜는 혼테일.
그림 3. 웨인 발로의 초기 콘셉트 스케치.
그림 4. 비행하는 혼테일과 해리, 폴 캐틀링 묘사.
그림 5, 6. 혼테일의 머리, 폴 캐틀링 습작.

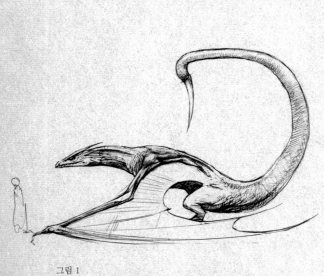

그림 1

그림

그림 2

"인정해야만 해.
혼테일은 정말 대단한 놈이야."

—**루베우스 해그리드**
〈해리 포터와 불의 잔〉

그림 3

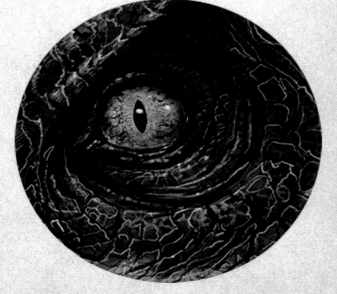

간략한 사실

헝가리 혼테일

✳

그림 1, 2. 웨인 발로의 초기 연필 습작들.

그림 3. 혼테일의 여러 눈 습작들, 폴 캐틀링 작품.

그림 4. 캐릭터 원형 조각가 케이트 힐이 특수 제작소에서 〈해리 포터와 불의 잔〉에 쓰일 헝가리 혼테일의 가시를 다듬고 있다.

그림 5. 폴 캐틀링이 묘사한 혼테일의 매끈하게 다듬어진 옆모습.

그림 6. 마법사들이 금지된 숲에서 우리에서 꺼낸 혼테일을 제어하는 장면, 폴 캐틀링 묘사.

1. **영화 속 등장:** 〈해리 포터와 불의 잔〉

2. **재등장 (모형만):** 〈해리 포터와 혼혈 왕자〉

3. **등장 장소:** 트리위저드 시합 경기장(용의 모형은 다이애건 앨리의 신기한 장난감 가게 앞에서도 등장한다)

4. **기술 노트:** 사전에 혼테일의 여러 가지 자세를 컴퓨터로 만들어두었다. 덕분에 A 자세에서 B 자세로 넘어가는 애니메이션 과정을 더욱 효과적으로 만들 수 있었다.

5. **《해리 포터와 불의 잔》 20장 설명:**

"그리고 혼테일이 있었다…… 날개는 반쯤 접혀 있고, 악랄한 노란색 두 눈은 해리에게 꽂혀 있었다. 가시 돋친 꼬리를 휘두르고 있는, 무시무시한 크기에 비늘로 뒤덮인 검은색 도마뱀……"

그림 5

용의 예 3

웨일스 그린

보바통 마법 학교의 플뢰르 델라쿠르는 트리위저드 시합의 첫 번째 과제에서 영국 태생의 용 웨일스 그린을 고른다. 콘셉트 아티스트 폴 캐틀링의 아트워크는 웨일스 그린의 질감과 세부적인 면들을 주의 깊게 탐구한 것이다. 이 용은 대형 스크린에 미니어처 버전으로 등장했다.

그림 1

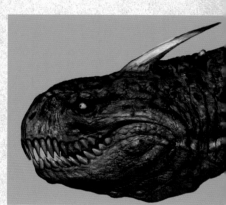

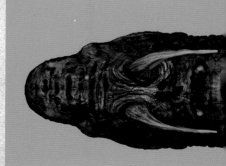

그림 2-4

간략한 사실

웨일스 그린

✳

1. **영화 속 등장:** 〈해리 포터와 불의 잔〉

2. **등장 장소:** 트리위저드 시합 경기장

3. 《**해리 포터와 불의 잔**》 **19장 설명:**

"초록색 비늘이 미끈한 용도 있었다……녀석은 몸부림을
치며 온 힘을 다해 발을 굴러대는 중이었다……"

그림 5

그림 1. 날개가 상처투성이인 웨일스 그린, 폴 캐틀링 묘사.
그림 2-4. 얼굴과 질감 습작들, 폴 캐틀링 작품.
그림 5. 플뢰르 델라쿠르 손 위의 웨일스 그린 미니어처, 폴 캐틀링 작품.
그림 6. 웨일스 그린의 날개 습작, 폴 캐틀링 작품.

그림 6

73

중국 파이어볼

트리위저드 시합의 첫 번째 과제 중 두 번째로 용을 뽑은 사람은 덤스트랭 학교의 챔피언 빅터 크룸이었다. 빅터는 중국 파이어볼을 고른다. 콘셉트 아티스트들은 상징적인 용의 모습은 나라마다 다를 수 있다고 생각했고, 그 결과 중국 파이어볼은 도마뱀과 비슷하게 만들어졌다.

그림 1

그림 1, 2. 중국 파이어볼 채색 습작들, 폴 캐틀링 작품.
그림 3. 해부학적으로 비룡처럼 생긴 중국 파이어볼, 폴 캐틀링 초기 채색 콘셉트.

74

간략한 사실들

중국 파이어볼

✳

1. 영화 속 등장: 〈해리 포터와 불의 잔〉

2. 등장 장소: 트리위저드 시합 경기장

3. 《해리 포터와 불의 잔》 19장 설명:

"얼굴 주변에 가느다란 금색 가시가 기이한 띠처럼 둘러져 있는 빨간색 용도 있었는데, 그놈은 버섯처럼 생긴 불꽃 구름을 공중에 쏘아대는 중이었다."

그림 2

스웨덴 쇼트 스나우트

호그와트에서 첫 번째로 선출된 챔피언 케드릭 디고리는 트리위저드 시합 첫 번째 과제에서 스웨덴 쇼트 스나우트를 뽑는다. 스웨덴 쇼트 스나우트의 디자이너들은 폭넓고 다양하게 접근했다. 물론, 이 용의 가장 큰 특징이 '짧은 주둥이(short snout)'라는 사실은 잊지 않았다.

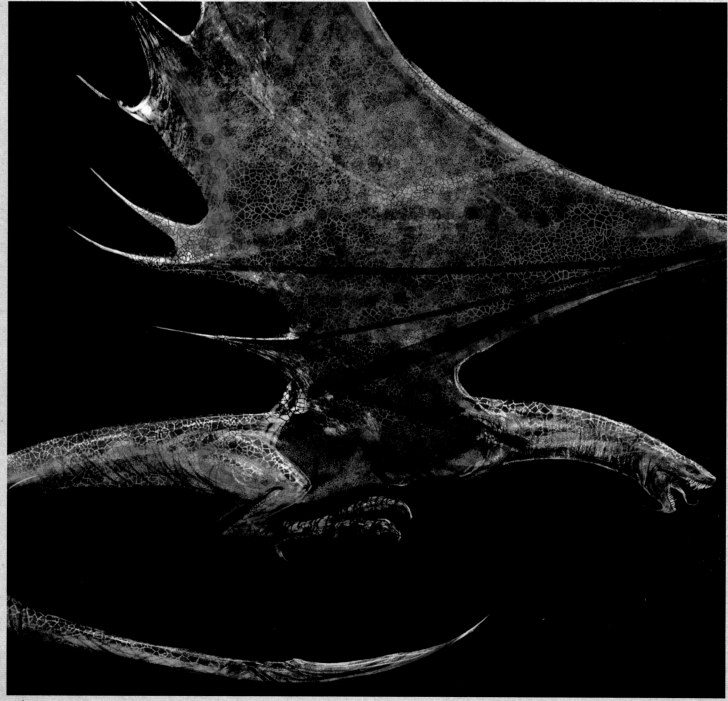

그림 1

그림 2

간략한 사실

스웨덴 쇼트 스나우트

✳

1. **영화 속 등장:** 〈해리 포터와 불의 잔〉

2. **등장 장소:** 트리위저드 시합 경기장

3. **《해리 포터와 불의 잔》 19장 설명:**

"기다랗고 뾰족한 뿔이 달린, 은청색 용도 한 마리 있었다……"

그림 1. 비늘이 파란 스웨덴 쇼트 스나우트.
그림 2. 머리 모양이 코뿔소와 비슷한 스웨덴 쇼트 스나우트.
그림 3. 주둥이와 날개를 연구한 콘셉트 아트.
모두 〈해리 포터와 불의 잔〉을 위한 폴 캐틀링 작품.

그림 3

우크라이나 아이론벨리

〈해리 포터와 죽음의 성물 2부〉에는 그린고트 은행의 가장 깊은 곳이 등장한다. 이곳에서 우크라이나 아이론벨리 용은 가장 유서 깊고 부유한 마법사 가문들의 금고를 지킨다. 도깨비들은 방치되고 분노한 이 용을 고통을 주며 구속했으므로, 제작진은 이 생명체에게 포로 같은 인상을 덧입혀야 했다. 해리 포터, 헤르미온느 그레인저, 론 위즐리가 레스트랭 가문의 금고에 접근하려면 그립훅에게 도움을 받고, 아이

론벨리를 지나가야만 한다. 그런 다음, 이들은 탈출하기 위해서 용을 풀어주고, 용은 자유를 찾아 은행 밖으로 날아오른다.

〈해리 포터와 죽음의 성물 2부〉에 등장한 우크라이나 아이론벨리는 그린고트 은행 아래 금고들이 보관된 거대한 동굴 같은 공간에 갇혀 사는 존재다. 따라서 쇠사슬에 묶이는 바람에 생긴 녹이 묻은 듯한 상처들이 나 있어야 했다. 아이론벨리는 생명력을 잃어 병약해 보이는

그림 1

그림 2

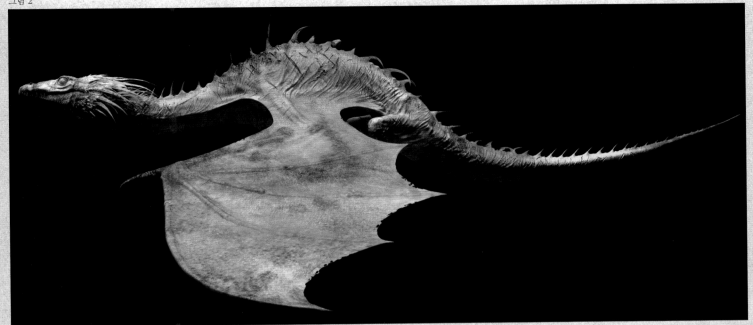

흰색이 되었고, 어둠 속에서만 살아서 눈도 거의 멀었으며, 오랜 세월의 무관심과 학대로 바싹 여위었다. 그 결과 아주 위험해졌고, 영화에 등장한 대부분의 용들과도 매우 다르다.

아이론벨리는 건강을 잃기는 했지만, 연민을 느낄 수 없을 만큼 병들어 보여야 했다. CGI 팀은 정확한 골격에 간단한 근육을 덮는 형태로 작업을 시작했다. 디지털 애니메이션 덕분에 근육이 뒤틀렸다가 부풀거나 꺼지면서 뼈와 근육 사이로 '흘러내리는' 모습을 표현할 수 있었다. 그런 다음 목, 어깨, 엉덩이의 힘줄을 개별적으로 조작해 움직이도록 했으며, 얇은 피부 아래 용의 혈관을 조종하는 장치를 추가했다. 용의 목 아래 늘어진 피부를 '흔드는' 장치도 있었다.

〈해리 포터와 불의 잔〉에 등장하는 헝가리 혼테일과는 달리, 특수 제작소는 우크라이나 아이론벨리의 실물 크기 모형을 만들지 않았다. 하지만 이 용에도 사람들이 올라타야 했기 때문에, 3.6미터의 몸통 부분만 실물 크기로 만들어서 실리콘 가죽으로 덮었다. 그런 다음 이 몸통을 모션 장치 위에 올렸다. 모션 장치는 은행 밖으로 날아가는 디지털 용과 똑같이 움직이도록 프로그래밍했다. 이 몸통 부분은 완벽하게 관절 구조를 갖추고 있어서 용이 날개를 퍼덕일 때마다 어깨도 따라 움직였다.

그림 3

"좋아 보이지 않는걸."

— 론 위즐리
〈해리 포터와 죽음의 성물 2부〉

그림 4

그림 1. 〈해리 포터와 죽음의 성물 2부〉에서 우크라이나 아이론벨리는 헤르미온느, 해리, 론을 태우고 그린고트에서 탈출한다. 콘셉트 아티스트 앤드루 윌리엄슨 채색.
그림 2. 아이론벨리의 색깔과 주름 습작, 폴 캐틀링 작품.
그림 3. 두 발을 벌리고 아이론벨리에 올라탄 실루엣 형체들, 폴 캐틀링 작품.
그림 4. 아이론벨리 머리 습작, 폴 캐틀링 작품.

그림 1

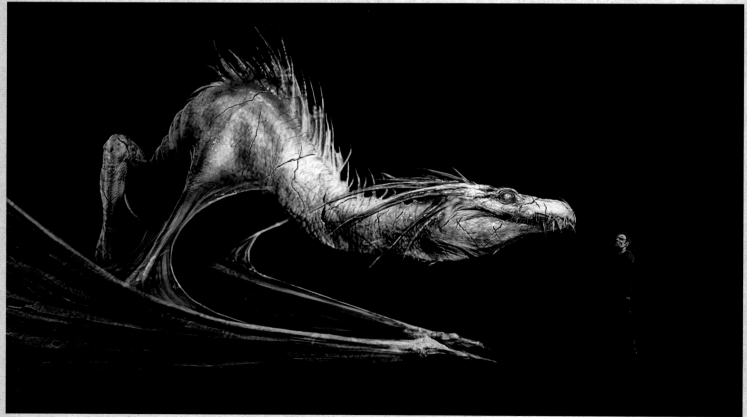

그림 2

그림 3-5

하늘 위 생명체 | 용 | 우크라이나 아이론벨리

간략한 사실

우크라이나 아이론벨리

1. **영화 속 등장:** 〈해리 포터와 죽음의 성물 2부〉

2. **등장 장소:** 그린고트 마법 은행

3. **디자인 노트:** 애니메이터들은 용의 피부를
푸른 기 없는 창백한 회백색으로 만들었다.

4. **《해리 포터와 죽음의 성물》 26장 설명:**

"해리에게는 용이 몸을 떠는 모습이 보였다. 더 가까이 다가가자 녀석의
얼굴에 사선으로 잔인하게 그어진 흉터가 눈에 들어왔다……"

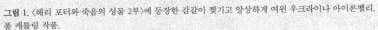

그림 1. 〈해리 포터와 죽음의 성물 2부〉에 등장한 갈갈이 찢기고 앙상하게 여윈 우크라이나 아이론벨리,
폴 캐틀링 작품.
그림 2. 인간과 용의 크기 비율 습작, 폴 캐틀링 작품.
그림 3-5. 아이론벨리의 머리를 끈으로 묶은 모습과 끈 때문에 상처가 난 모습, 폴 캐틀링 습작들.
그림 6. 그린고트 은행 꼭대기를 뚫고 탈출하는 아이론벨리, 폴 캐틀링 아트워크.

그림 6

콘월의 요정

콘월의 요정은 장난을 좋아하고 못된 행동을 일삼는, 날아다니는 생명체다. 비교적 무해하지만 잘 감시하지 않으면 피해를 입을 수 있다. 이들은 록허트 교수의 어둠의 마법 방어술 첫 번째 수업 시간에 교실을 난장판으로 만들어놓는다. 콘월의 요정은 〈해리 포터와 죽음의 성물 2부〉에서 필요의 방에 두 번째로 등장한다.

해리 포터 책은 콘월의 요정을 파란색으로 묘사했고, 제작진은 이 설명을 충실히 따랐다. 역사적으로 콘월 지방은 콘월 블루 수탉, 콘월 블루 도자기, 그리고 여러 상을 받은 콘월 블루 치즈로 유명하다. 그러나 〈해리 포터와 비밀의 방〉에는 또 다른 기원을 지닌 생명체인 요정이 등장한다. 이 요정은 역사적으로 픽트 족의 잔재라는 신화에서 탄생했다. 픽트 족은 켈트 족이 지배하던 시대에 콘월 지방에 살았고 피부를 파란색으로 칠했다고 전해진다.

그림 1

그림 2

그림 1, 3, 4. 〈해리 포터와 비밀의 방〉에 등장한 시끄럽고 제멋대로인 콘월의 요정. 롭 블리스 콘셉트 아트.
그림 2. 〈해리 포터와 비밀의 방〉에 등장한 날아다니는 콘월의 요정 콘셉트 아트.
그림 5, 6. 난장판이 된 길더로이 록허트 교수의 어둠의 마법 방어술 수업에서 우리 밖으로 뛰쳐나온 요정들과 우리 안에 있는 요정들.

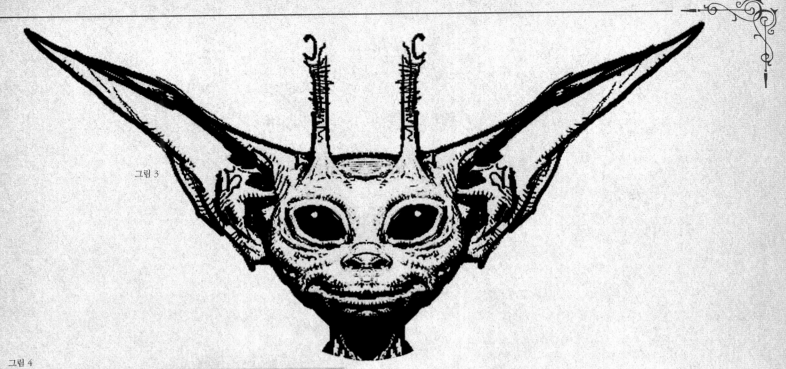

그림 3

그림 4

영화 제작진은 콘월의 요정의 축소 모형을 만들어 그 모형에 강렬한 파란색을 칠했고, 디지털 작업 팀은 이것을 사이버스캔해서 애니메이션 작업을 했다. 그리고 미리 촬영해둔 교실 장면의 뒤쪽, 앞쪽, 중간의 서로 다른 높이에 스물 남짓한 요정들을 입체적으로 흩어놓았다. 배우 매슈 루이스(네빌 롱바텀)는 교실 장면을 촬영할 때 귀가 앞으로 밀리도록 귀 뒤에 클립을 끼워두었다. 두 요정이 그의 두 귀를 잡아서 공중에 대롱대롱 매다는 장면을 효과적으로 만들기 위해서였다.

그림 5

그림 6

그림 1

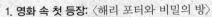

간략한 사실

콘월의 요정

✳

1. 영화 속 첫 등장: 〈해리 포터와 비밀의 방〉

2. 재등장: 〈해리 포터와 죽음의 성물 2부〉

3. 등장 장소: 어둠의 마법 방어술 교실, 필요의 방

4. 기술 노트: 책들이 서가에서 뽑혀 나오는 장면과 학생들 머리카락이
일어서는 장면은 전통적인 와이어 기법을 썼다.

5. 《해리 포터와 비밀의 방》 6장 설명:

"요정들은 전류처럼 파랗게 빛났으며 키는 20센티미터 정도였고 얼굴이 빼죽했다……"

그림 1-4. 〈해리 포터와 비밀의 방〉에서 잔뜩 모인 콘월의 요정들, 롭 블리스 묘사.

그림 2

"웃고 싶으면 웃어요, 피니간 군,
하지만 요정들은 굉장히 흉악한
악마가 될 수도 있어요."

—**질데로이 록허트**
〈해리 포터와 비밀의 방〉

그림 3

그림 4

제 4 장

침입자

〈해리 포터〉 영화 시리즈에 등장하는 여러 장소 중에서도 특히 호그와트 성에는 초대받지 않은 생명체 또는 반갑지 않은 생명체가 불쑥불쑥 나타나곤 한다. 해리 포터가 호그와트에 다니는 동안, 이 성의 여학생 화장실에는 산 트롤이 침입했었다. 퀴렐 교수가 일부러 들여온 생명체이긴 했지만 말이다. 그리고 금지된 숲에는 해그리드가 들여온 작은 거인이 숨어 있었다. 호그와트 전투 때는 아주 큰 거인들이 학교에 침입한다.

트롤

트롤은 아주 큰 생명체로, 체고가 대략 3.5미터로 묘사된다. 이들은 아주 위험하고 또 아주 멍청하다. 트롤은 〈해리 포터와 마법사의 돌〉의 핼러윈 축제 때 영화에 처음 등장한다. 퀴렐 교수가 연회장에 뛰어 들어와 지하 감옥에 트롤이 있다고 소리친 것이다. 해리 포터와 론 위즐리가 여학생 화장실에서 헤르미온느 그레인저와 트롤을 찾았을 때, 론은 마침내 '윙가르디움 레비오우사' 주문을 정확하게 발음하고, 간신히 트롤을 물리친다.

그림 1

그림 2

간략한 사실

트롤

✳

1. **영화 속 등장**: 〈해리 포터와 마법사의 돌〉

2. **등장 장소**: 호그와트 성안 여학생 화장실

3. **기술 노트**: 트롤의 손과 다리는 마틴 베이필드가 장착하고
연기했다. 마틴은 로비 콜트레인(해그리드)의 대역도 했다.

4. **《해리 포터와 마법사의 돌》 10장 설명**:
"3미터가 넘는 키에 피부는 화강암처럼 칙칙한 회색이었고, 바위처럼 거대하고
울룩불룩한 몸 꼭대기에는 코코넛처럼 작은 대머리가 얹혀 있었다. 다리는
나무 밑동처럼 굵고 짧았으며 납작한 두 발은 딱딱하고 거칠었다."

앞쪽: 정신 나간 바르나바가 트롤에게 춤을 가르치는 모습을 담은 태피스트리, 애덤 브록뱅크
아트워크. 이 장면은 〈해리 포터와 혼혈 왕자〉에 나올 예정이었지만 나오지 않았다.
그림 1. 〈해리 포터와 마법사의 돌〉에서 해리, 론, 헤르미온느는 흑투성이 멍청한 트롤과 맞닥뜨린다.
롭 블리스 콘셉트 아트.
그림 2. 〈해리 포터와 마법사의 돌〉에서 트롤이 핼러윈에 여학생 화장실로 들어가는 장면.

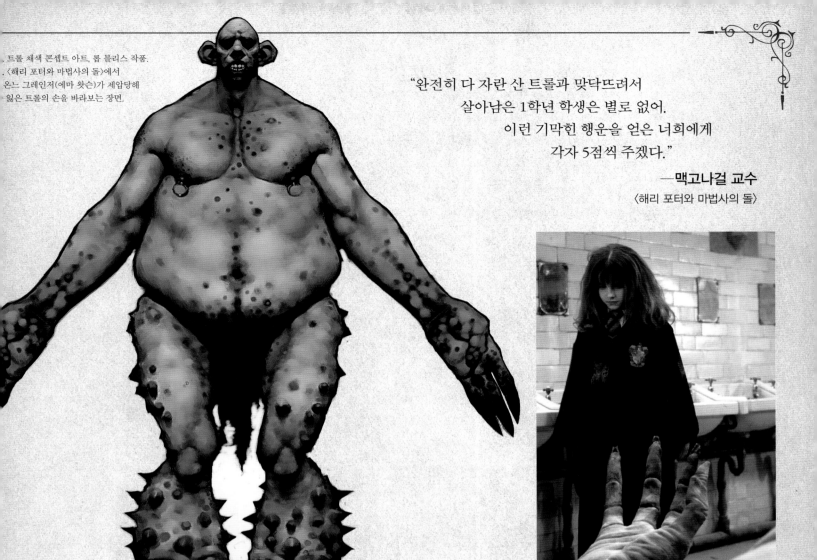

트롤 채색 콘셉트 아트. 롭 블리스 작품.
〈해리 포터와 마법사의 돌〉에서
온느 그레인저(에마 왓슨)가 제압당해
잃은 트롤의 손을 바라보는 장면.

"완전히 다 자란 산 트롤과 맞닥뜨려서
살아남은 1학년 학생은 별로 없어.
이런 기막힌 행운을 얻은 너희에게
각자 5점씩 주겠다."

—맥고나걸 교수
〈해리 포터와 마법사의 돌〉

그림 3

그림 4

〈해리 포터와 마법사의 돌〉에서 트롤이 등장하는 장면은 몇 가지 시각 효과 기술을 결합해서 만들었다. 먼저 특수 제작소가 트롤을 디자인해서 멍청한 표정, 발가락이 세 개인 발, 커다랗고 뾰족한 돌기가 있는 트롤의 마케트를 만들었다. 그런 다음, 전체적으로 색을 칠하고 옷을 입힌 트롤 인형과 합성했다. 트롤이 여학생 화장실 바닥에 쓰러져 있는 장면을 만들기 위해서였다. 여기에 더해, 트롤의 손과 다리를 포함한 하반신을 실물 크기로 만들어서 에마 왓슨(헤르미온느 그레인저)이 반응하며 연기하도록 했다.

또 배우가 트롤 의상을 입고 연기하는 장면을 일반 카메라로 촬영해 디지털 작업에 반영했다. 〈해리 포터와 마법사의 돌〉을 촬영할 때는 모션 캡처 기술이 널리 쓰이지 않았기 때문이다. 그리고 익살스러운 액션 장면들—트롤의 몽둥이에 부딪혀 화장실 문이 부서지고, 헤르미온느의 머리 바로 위에서 세면대가 파괴되었으며, 기중기로 대니얼 래드클리프(해리 포터)를 들어 올려 트롤의 어깨 위에 '떨어뜨리고' 흔들었다—을 촬영했다. 이렇게 촬영한 분량을 적절하게 배치한 다음, 디지털 작업 부분과 합성해서 하나의 연속적인 장면을 만들어냈다.

트롤은 영화 〈해리 포터와 혼혈 왕자〉에도 등장할 예정이었다. 영화 제작자들은 움직이는 사진과 그림처럼 '움직이는' 태피스트리에 트롤을 쓰려고 했다. 이 장면을 위해 트롤 옷을 입은 댄서 두 명이 분홍색 튀튀와 토슈즈를 갖추고서 정신 나간 바르나바가 트롤에게 발레를 가르치는 장면을 촬영했다.

사실은 댄서들이 블루스크린 앞에서 모두 네 번 춤을 추어서 여덟 명의 트롤이 함께 춤추는 안무를 완성했다. 이 춤에는 '트롤 발레'라는 이름이 붙었지만 마지막 편집 과정에서 삭제되었다.

거인

<해리 포터> 시리즈에는 거대한 생명체들이 다수 소개된다. 하지만 거인만큼 큰 것은 없다. 거인은 키가 6미터 정도로 트롤보다 약 1미터가량 크고, 지능은 크기와 비례한 만큼만 더 높을 뿐이다. <해리 포터와 불사조 기사단>에서 사건이 일어나기 전에 볼드모트가 힘과 지지자들을 모을 때, 해그리드는 거인들과 협상하기 위해 파견된다. 그리고 이 여행에서 자신의 거인 동생 그룹을 만난다.

그림 1

"그게, 솔직히 말하면 찾기가 어렵지는 않아.
그들은 아주 크니까. 알지?"

—루베우스 해그리드
<해리 포터와 불사조 기사단>

그림 3

그림 4

간략한 사실

거 인

✳

1. 영화 속 등장: 〈해리 포터와 죽음의 성물 2부〉

2. 등장 장소: 호그와트 성

3. 디자인 노트: 거인들이 무기로 쓰는 몽둥이는 작은
나무를 디지털 방식으로 '만든 것'이다.

4. 《해리 포터와 죽음의 성물》 32장 설명:

"거인이 앞에 서 있었다. 키는 6미터가량에, 머리는 그림자
속에 숨겨져 있었다. 나무기둥처럼 보이지만 털이 북슬북슬한
정강이만이 성문에서 새어 나온 빛을 받아 모습을 드러냈다."

그림 1. 〈해리 포터와 죽음의 성물 2부〉에서 호그와트 전투에 등장한 해골 장식을 걸친 거인, 애덤 브록뱅크 아트워크.
그림 2. 〈해리 포터와 불사조 기사단〉에는 거인 혼혈 해그리드와 그의 거인 동생 그롭이 나란히 등장한다. 애덤 브록뱅크 시각화.
그림 3. 〈해리 포터와 죽음의 성물 2부〉에서 전투의 클라이맥스 장면, 비주얼 개발 작업 팀 줄리언 캘도 콘셉트 아트.
그림 4. 〈해리 포터와 죽음의 성물 2부〉에서 전투의 클라이맥스 장면, 롭 블리스 작품.

그림 1. (위) 〈해리 포터와 죽음의 성물 2부〉에서 학생들이 전투 중인 거인들을 올려다보고 있다. 애덤 브록뱅크 아트워크.

그림 2

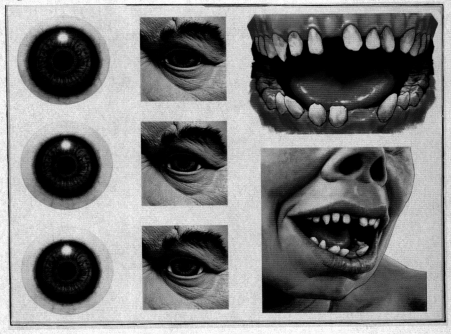

〈해리 포터와 죽음의 성물 2부〉에서 호그와트 전투에 참여한 거인들은 컴퓨터 작업으로 만들었다. 그러나 제작진은 디지털 작업도 실제 배우들의 연기를 바탕으로 시작하는 편이 더 좋다고 생각했다. 그래서 배우들의 눈코입을 과장하는 보형물을 먼저 만들었다. 덩치가 큰 배우들이 이 보형물을 쓰고 허리에 천을 둘러 끈으로 고정한 다음, 트레드밀 위를 달리는 모습을 촬영했다. 제작진은 그린스크린 앞에서 찍은 이 장면을 컴퓨터로 옮긴 다음, 얼굴을 다시 한 번 과장하고 뒤틀어서 사람의 특징을 줄였다. 거인 다리의 정강이를 두껍게 만들어 무게중심을 낮추었고, 어떤 거인은 발톱을 코끼리발톱처럼 만들었다. 거인들의 의상 디자인에는 해골과 인간 이빨을 꿴 허리띠와 나뭇가지와 나뭇잎을 꽂은 헤어스타일이 포함되었다.

그림 2. 〈해리 포터와 불사조 기사단〉에 등장한 그룹의 눈과 입 습작들, 애덤 브룩뱅크 작품.
그림 3. 거인 머리의 변화, 〈해리 포터와 죽음의 성물 2부〉를 위한 디지털 습작들.

그림 3

그롭

〈해리 포터와 불사조 기사단〉에서 거인 혼혈 해그리드는 해리 포터, 헤르미온느 그레인저, 론 위즐리에게 금지된 숲에 숨겨두었던 아버지가 다른 동생 그롭을 소개한다. 영화에서 그롭의 키는 4.8미터다.

그롭은 완전히 컴퓨터로 만든 생명체지만, 제작진은 그롭의 머리는 실제 크기로 만들었다. 그렇게 하는 것이 피부와 머리카락을 경제적으로 자세히 탐구하는 방법이었다. CGI에서는 언제나 피부와 머리카락 표현이 어렵기 때문이다. 게다가 그롭의 머리는 〈해리 포터와 불사조 기사단〉의 금지된 숲 장면에도 쓰여서 배우들의 시선 처리에 유익했고, 촬영과 조명 설치 팀에 참고가 되었다. 블루스크린 옷을 입은 인형 조종사는 기중기를 타고 높이 4.8미터까지 올라가서 연기했다. 그롭의 두 팔도 실제로 만들어서 인형 조종사가 직접 움직였는데, 이는 팔을 얼마나 뻗으면 해당 장면을 가리는지 측정하는 데 중요했다. 그롭의 오른손은 그린스크린 앞에서 사용되었다. 그롭이 에마 왓슨(헤르미온느 그레인저)과 이멜다 스탠턴(돌로레스 엄브릿지)을 들어 올리는 장면을 만들기 위해 두 사람은 모션 컨트롤(컴퓨터를 이용해 카메라 움직임을 통제하여 여러 번 재촬영할 수 있도록 하는 기법—옮긴이)되는 거인의 손에 올라타서 촬영했다. 촬영 후에는 거인 손을 디지털로 바꾸고, 두 요소를 꼼꼼히 합성했다.

그림 1

"전에 말했듯이 그는 전혀 위험하지 않아.
그냥 기운이 좀 넘칠 뿐이야."

—루베우스 해그리드
〈해리 포터와 불사조 기사단〉

"그롭! 나를 내려놔…… 당장."
—헤르미온느 그레인저
〈해리 포터와 불사조 기사단〉

그림 2

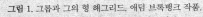

간략한 사실

그롭
✴

1. **영화 속 등장:** 〈해리 포터와 불사조 기사단〉

2. **등장 장소:** 금지된 숲

3. **기술 노트:** 배우 토니 모즐리가 그롭의 대사와 동작 들을 재현하면,
그 모션 캡처 장면을 작업에 참고했다.

IV. **《해리 포터와 불사조 기사단》 30장 설명:**
"해리는 커다란 흙더미 왼쪽에 있는, 거대한 이끼 투성이 바위라고
생각했던 것이 사실은 그롭의 머리라는 것을 이제야 깨달았다. 몸과의
비율을 볼 때 그롭의 머리는 인간의 것보다 훨씬 컸다……"

그림 3

그림 1. 그롭과 그의 형 해그리드, 애덤 브록뱅크 작품.
그림 2. 그롭과 헤르미온느, 애덤 브록뱅크 작품.
그림 3. 그롭 연필 스케치, 작가 미상.

땅신령

안타깝게도, 대본에는 있지만 영화에 나오지 않은 장면들이 있다. <해리 포터와 비밀의 방>의 초창기 대본에는 위즐리 쌍둥이 형제와 론이 버로우 뒷마당에서, 포드 앵글리아를 타고 날아다닌 벌로 땅신령을 잡아 없애는 장면이 있었다. 땅신령의 콘셉트 아트가 만들어졌지만, 최종 대본에서는 이 장면이 삭제되었다. 그러나 <해리 포터와 혼혈 왕자> 때 소품실은 금색 피부에 발레복을 입은 땅신령 인형을 만들어서 위즐리 가족의 크리스마스트리 꼭대기에 얹었다.

<해리 포터와 죽음의 성물 1부>의 빌 위즐리와 플뢰르 델라쿠르의 결혼식에서 루나 러브굿은 해리에게 결혼식 천막 근처에서 땅신령에게 물렸다고 말한다.

땅신령은 <해리 포터와 비밀의 방>의 한 장면을 위해 그려졌지만, 스크린용으로 만들어지지는 않았다.
그림 1, 3. 폴 캐틀링 비주얼 개발 아트워크.
그림 2. 애덤 브록뱅크 비주얼 개발 아트워크.

그림 1

그림 2

그림 3

그림 1

그림 2

그림 3

그림 4

"조금 전에 정원에서
땅신령에게 물렸어."
—루나 러브굿
〈해리 포터와 죽음의 성물 1부〉

그림 1-8. 정원의 땅신령들은 〈해리 포터와 비밀의 방〉의
버로우 장면을 위해 만들어졌다. 여러 땅신령들의 머리에는
풀이 자라고 있다. 폴 캐틀링 아트워크.

그림 5

그림 6

그림 7

그림 8

제 5 장

형태를 바꾸는 생명체

<해리 포터> 영화에 구현된 마법 세계에는 형태를 바꾸는 여러 생명체들이 존재한다. 마법 사들이 연구해온 마법 중 하나는 스스로 원할 때 동물로 변신하는 것이다. 이런 마법을 쓰는 이들을 애니마기(Aanimagi, 애니마구스animagus의 복수)라고 한다. 한편, 늑대인간에게 물린 마법사들은 늑대인간으로 변신할 수밖에 없다. 보가트는 늘 형태를 바꾸는 생명체로, 본래 형태는 알 수 없다. 바라보는 이가 가장 두려워하는 대상으로 변신하기 때문이다.

애니마구스

해리 포터 세계에서 애니마구스는 마음대로 동물로 변신할 수 있는 마녀 또는 마법사를 일컫는다. 마법사의 애니마구스 유형은 몇 가지로 나뉘는데, 신체적인 것이든 비신체적인 것이든 인식 가능한 표지가 있기 때문에 이들을 알아볼 수 있다. 애니마구스의 패트로누스는 대개 같은 동물 종이다.

"해리, 함정이야. 그 개가
시리우스 블랙이었어⋯⋯
그 사람이 애니마구스였다고!"

—론 위즐리
〈해리 포터와 아즈카반의 죄수〉

앞쪽: 〈해리 포터와 아즈카반의 죄수〉에서 늑대인간으로 변한 리무스 루핀이 금지된 숲을 가로지르는 모습, 애덤 브록뱅크 콘셉트 아트.
그림 1. (위) 〈해리 포터와 마법사의 돌〉에서 미세스 P. 헤드가 연기한 애니마구스 모습의 맥고나걸 교수.
그림 2. 〈해리 포터와 아즈카반의 죄수〉에서 쥐 스캐버스가 5단계에 걸쳐 피터 페티그루로 변하는 모습, 롭 블리스 아트워크.
그림 3. 맥고나걸이 애니마구스 형태로 변하는 디지털 구성.
그림 4. 〈해리 포터와 마법사의 돌〉에서 맥고나걸 교수가 애니마구스로 변신한 채 1학년 변신술 수업을 지켜보는 장면.

그림 2

미네르바 맥고나걸

미네르바 맥고나걸 교수의 애니마구스 형태는 회색 얼룩 고양이다. 〈해리 포터와 마법사의 돌〉에서 맥고나걸 교수는 바로 이 고양이의 모습으로 변신해 해리 포터의 친척인 더즐리 가족을 몰래 지켜보았다. 맥고나걸은 1학년 학생들의 변신술 수업도 애니마구스의 모습으로 지켜본다.

맥고나걸 교수의 애니마구스는 미세스 P. 헤드라는 이름의 얼룩 고양이가 연기했다. 고양이에게는 이미 '멋진' 무늬가 있어서 분장이나 컴퓨터 효과를 추가할 필요가 없었다. 영화 〈해리 포터와 마법사의 돌〉에서는 해리와 론 위즐리가 변신술 수업에 들어갈 때 맥고나걸의 애니마구스가 책상에서 뛰어내려 인간 맥고나걸로 변한다. 이 장면을 찍기 위해 조련사는 안전장치의 끝을 잡고 책상 밑에 숨어 있었다. 미세스 P.는 조련사 바로 위쪽에 앉아 있다가 신호를 받고 책상에서 뛰어내렸고, 그와 동시에 안전장치가 풀렸다. 이 장면은 후에 고양이가 교수로 변하는 컴퓨터 장면과 합성되었다.

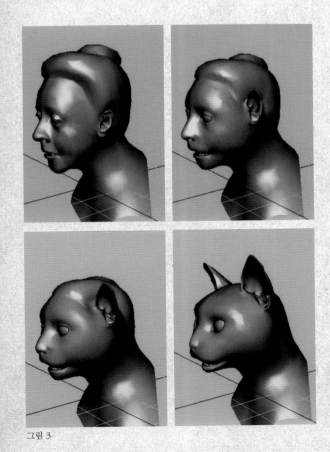

그림 3

"빌어먹게 끝내주는군!"

—론 위즐리

〈해리 포터와 마법사의 돌〉에서 얼룩 고양이가
맥고나걸 교수로 변신하는 모습을 본 후

그림 4

간략한 사실

미네르바 맥고나걸

✳

1. 영화 속 등장: 〈해리 포터와 마법사의 돌〉

2. 등장 장소: 프리벳가, 변신술 교실, 호그와트 성

3. 동물 배우: 미세스 P. 헤드

4. 《해리 포터와 마법사의 돌》 1장 설명:

"그가 처음으로 뭔가 기이한 낌새를 알아챈 건
길모퉁이에서였다. 지도를 읽는 고양이라니?"

시리우스 블랙

시리우스 블랙의 애니마구스 형태는 친구들이 '패드풋'이라고 이름 붙인 크고 검은 개로, 〈해리 포터와 아즈카반의 죄수〉에 처음 등장한다. 시리우스, 제임스 포터, 피터 페티그루는 그리핀도르 친구인 리무스 루핀이 늑대인간이라는 사실을 알게 되자, 스스로 애니마기가 되기 위해 공부한다. 결국 '프롱스'라는 이름의 수사슴으로 변신한 제임스와 시리우스는 매달 리무스가 변신할 때 그를 통제했다. 후에 시리우스는 〈해리 포터와 불사조 기사단〉에서 애니마구스 형태라는 이점을 활용해 호그와트로 떠나는 해리 포터를 몰래 배웅한다.

〈해리 포터와 아즈카반의 죄수〉에서 처음에 죽음의 징조로 오해받는 패드풋은 컴퓨터로 만든 애니마구스다. 영화제작자들은 도그쇼에서 페른이라는 이름의 킬본 디어하운드 개(정식 명칭: 챔피언 킬본 달링)를 데려왔고, 페른을 패드풋의 토대로 삼았다. 날씬한 몸에 귀가 뾰족한 페른은 뒷다리로 서서 점프하는 걸 배웠는데, 이는 패드풋의 디지털 템플릿에 필요한 묘기들이었다. 클라우드라는 이름의 다른 킬본 디어하운드 개가 페른을 보조했다. 도그쇼의 우승견 클라우드(정식 이름: 챔피언 킬본 맥리어드)는 본래 회색이어서 씻어낼 수 있는 검은색 염료를 사용해 일시적으로 털을 어두운 색으로 만들어야 했다.

시리우스의 애니마구스는 〈해리 포터와 불사조 기사단〉 때 다시 등장했는데, 이때는 구조견으로 일하는 퀸이라는 이름의 스코틀랜드 디어하운드가 연기했다. 퀸의 조련사는 퀸이 약간 고집스럽지만 장난을 좋아한다고 설명했다.

간략한 사실

시리우스 블랙

✳

1. **영화 속 첫 등장:** 〈해리 포터와 아즈카반의 죄수〉
2. **재등장:** 〈해리 포터와 불사조 기사단〉
3. **등장 장소:** 프리벳가, 호그와트, 킹스크로스 역
4. **동물 배우:** 페른과 클라우드(〈해리 포터와 아즈카반의 죄수〉), 퀸(〈해리 포터와 불사조 기사단〉)
5. **《해리 포터와 아즈카반의 죄수》 17장 설명:**
"뭔가가 그림자처럼 조용히, 그들을 향해 껑충껑충 달려오는 중이었다. 집채만 하고 눈빛이 흐릿한, 칠흑같이 검은 개였다."

그림 1

그림 1. 게리 올드먼(시리우스 블랙)의 〈해리 포터와 불사조 기사단〉 홍보용 사진.
그림 2. 시리우스 블랙 몸에 연금술 문신을 새길 위치를 표시한 그림. 롭 블리스 작품.
그림 3. 코스튬 디자이너 자니 테밈의 콘셉트에 기초한 〈해리 포터와 불사조 기사단〉의 시리우스 블랙의 망토. 마우리시오 카네이로 스케치.
그림 4, 5. 시리우스의 애니마구스 형태 모형.
그림 6. 〈해리 포터와 아즈카반의 죄수〉에서 트릴로니 교수의 점술 수업 때 찻잔에 나타난 죽음의 징조.

그림 2

그림 3

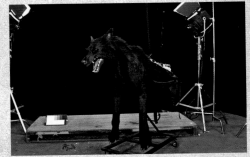

그림 4-6

"보통 나는 개가 되면 굉장히 다정해져.
실제로 제임스는 나에게 몇 번이나
영원히 변신해서 사는 건 어떠냐고 했었다니까.
그런데 꼬리는 참을 수 있어도
벼룩은 참을 수 없더라고. 벼룩은 없어져야 해."

—**시리우스 블랙**

〈해리 포터와 아즈카반의 죄수〉

피터 페티그루

〈해리 포터와 아즈카반의 죄수〉에서 여러 사건이 일어나는 동안, 해리 포터는 아버지 제임스가 호그와트 시절에 시리우스 블랙, 리무스 루핀, 피터 페티그루와 친한 친구 사이였다는 사실을 알게 된다. 페티그루는 제임스와 시리우스와 함께 애니마기가 되고 '웜테일'이라는 이름의 쥐로 변신한다. 후에 페티그루는 제임스와 릴리 포터를 볼드모트에게 넘기고, 위즐리 가족의 애완동물 스캐버스로 숨어 지낸다.

〈해리 포터와 아즈카반의 죄수〉에서 피터 페티그루의 애니마구스는 주로 덱스라는 이름의 쥐가 연기했고, 여러 버전의 애니매트로닉 쥐들이 보조했다. 비명을 지르는 오두막에서 쥐가 피터 페티그루로 변신하는 과정은 실제 쥐와 로봇 쥐를 합성했다. 시리우스 블랙이, 론 위즐리가 안고 있는 쥐는 스캐버스가 아니라 페티그루의 애니마구스 형태라는 사실을 처음으로 밝혔을 때, 배우 루퍼트 그린트(론)는 덱스를 안고 있었다. 그러나 게리 올드먼(시리우스)이 론의 손에서 낚아챈 것은 웜테일의 애니매트로닉 버전 중 하나였다.

덱스는 A 지점에서 B 지점까지 달려가는 훈련을 받았고, 이는 웜테일이 피아노 위와 비명을 지르는 오두막 바닥을 가로질러 달아나는 장면에 쓰였다. 그 외에 동물이 떨어지고, 던져지고, 움켜잡히는 등의 장면은 애니매트로닉 또는 디지털 버전으로 재연했다.

맥고나걸 교수나 시리우스 블랙과 달리 피터 페티그루는 인간일 때도 쥐의 특성을 분명하게 드러낸다. 분장 팀은 가발에 쥐의 털색을 입히고 쥐 같은 이빨과 손톱을 만들어서, 배우 티머시 스폴이 연기한 피터 페티그루의 사람 버전을 만들어냈다.

그림 1

그림 2

"우리는 그를 친구로 생각했어."
— 리무스 루핀
〈해리 포터와 아즈카반의 죄수〉

그림 3

그림 4

"블랙은 무시무시한 자야. 그자는 피터를 죽이지 않고
그냥 파괴해버렸어. 손가락 하나만 남겼지. 손가락 하나만!"
—코넬리우스 퍼지 마법부 장관
〈해리 포터와 아즈카반의 죄수〉

그림 5

간략한 사실

피터 페티그루

1. 웜테일로 영화에 등장:
〈해리 포터와 아즈카반의 죄수〉

2. 등장 장소: 비명을 지르는 오두막

3. 동물 배우: 덱스와 다른 살아 있는 쥐와 애니매트로닉 쥐

4. 《해리 포터와 아즈카반의 죄수》 11장 설명:
"한때 그렇게나 뚱뚱했던 스캐버스가 지금은 매우 깡말라
있었다. 털도 군데군데 뭉텅이로 빠진 것 같았다."

그림 1. 페티그루의 설치류 특징이 두드러지게 나타나 있다. 롭 블리스 아트워크. 그림 2. 〈해리 포터와 혼혈 왕자〉에 등장한 피터 페티그루(티머시 스폴). 그림 3. 〈해리 포터와 아즈카반의 죄수〉에서 피터 페티그루가 쥐 웜테일로 변하는 모습. 롭 블리스 묘사. 그림 4, 5. 피터 페티그루의 쥐 형태와 인간 형태가 결합된 전신 습작. 롭 블리스 작품.

보가트

보가트의 원래 모습은 아무도 모른다. 보는 사람이 가장 두려워하는 형태로 변하기 때문이다. 어둠의 마법 방어술 교수인 리무스 루핀은 〈해리 포터와 아즈카반의 죄수〉에서 3학년 학생들에게 이런 생명체가 접근하지 못하도록 막는 리디큘러스 마법을 가르친다. 이 영화에서 루핀은 해리에게 개인적으로 패트로누스 마법을 가르치는데, 해리 포터가 가장 두려워하는 디멘터를 물리칠 수 있도록 돕기 위해서다. 이때도 루핀은 보가트를 이용한다.

〈해리 포터와 아즈카반의 죄수〉에서 가장 먼저 리디큘러스 마법을 시도한 네빌 롱바텀은 스네이프 교수에게 자신의 할머니 옷을 입힌다. 꼭대기에 새가 달린 모자와 트위드 스커트의 앙상블이다. 론은 애크로맨투라가 다리 여덟 개로 롤러스케이트를 타는 모습을 상상하고, 파르바티는 코브라를 인형이 튀어나오는 상자로 바꾼다. 하지만 해리가 디멘터를 보자 루핀이 수업을 중단한다. 루핀이 가장 두려워하는 것은 어두운 하늘에 뜬 보름달인데, 그는 이것을 바람이 빠지는 하얀 풍선으로 바꾼다. 영화에 등장한 이 모든 효과는 컴퓨터로 만들어졌다. 보가트의 본래 모습은 아무도 모르지만, 시각 효과 디자이너들은 무서운 대상이 우스운 대상으로 변하는 과정을 만들어야 했다. 이들은 보가트의 무섭고 우스운 형태들을 소용돌이치는 토네이도처럼 표현했다.

"보가트는 형태를 바꾸는 생명체야. 상대가 가장 두려워하는 것이 무엇이든 바로 그 형태로 변해."

—헤르미온느 그레인저
〈해리 포터와 아즈카반의 죄수〉

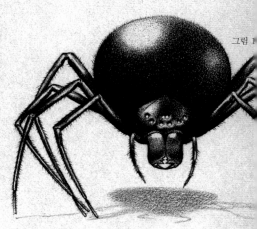

그림 1

그림 1, 2. 〈해리 포터와 아즈카반의 죄수〉에 등장한 마법을 쓰기 전후의 거미 콘셉트 아트. 발로 작품. 그림 3. 〈해리 포터와 아즈카반의 죄수〉에서 해리(대니얼 래드클리프)가 위협적인 보가트 인형이 튀어나오는 상자를 상대로 리디큘러스 마법을 연습하는 장면. 그림 4. 같은 장면에서 네빌 롱바텀은 보가트의 모습을 자신의 할머니 옷을 입은 스네이프 교수(앨런 릭먼)로 상상했다.

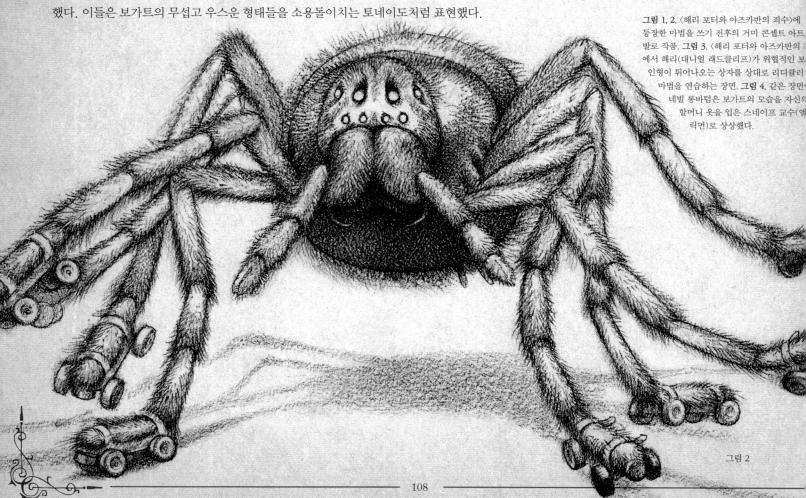

그림 2

그림 3

그림 4

간략한 사실

보 가 트

1. 영화 속 등장 (본래 모습은 아니지만):
   〈해리 포터와 아즈카반의 죄수〉
2. 등장 장소: 어둠의 마법 방어술 교실
3. 《해리 포터와 아즈카반의 죄수》 7장 설명:

"혼자 있을 때 보가트가 어떤 모습인지는 아무도 몰라.
하지만 내가 꺼내주는 순간, 보가트는 우리 각자가
가장 두려워하는 무언가로 변하게 될 거야."
—리무스 루핀 교수

"다행히 보가트는 간단한 마법으로 물리칠 수 있습니다.
지금 연습해보죠. 자, 지팡이 없이 해볼게요.
나를 따라해보세요. 리디큘러스!"

—**리무스 루핀**
〈해리 포터와 아즈카반의 죄수〉

늑대인간

애니마구스는 〈해리 포터와 마법사의 돌〉에 등장하는 맥고나걸 교수나 〈해리 포터와 아즈카반의 죄수〉에 등장하는 피터 페티그루처럼 스스로 원할 때 동물로 변하는 경우를 말한다. 그러나 늑대인간은 자신의 의지와는 상관없이 변한다. 이들은 보름달이 뜰 때 변신한다.

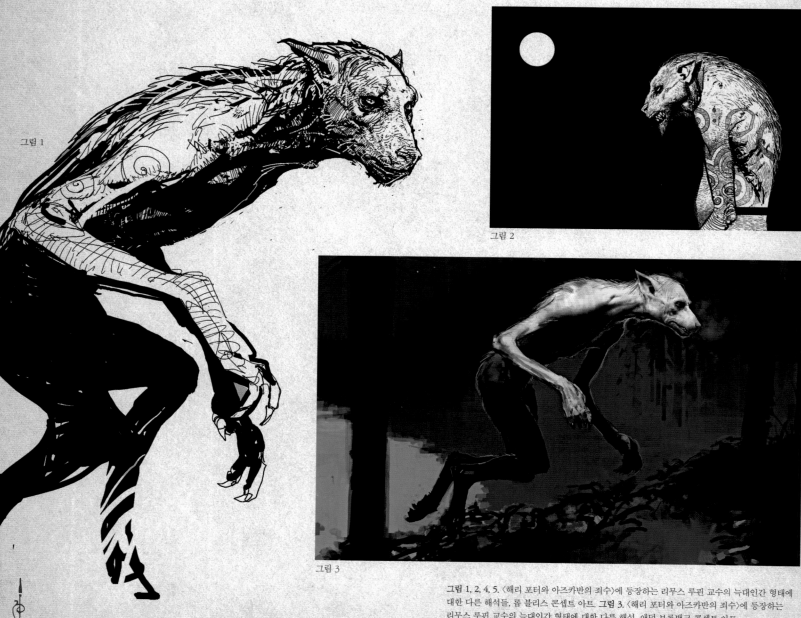

그림 1

그림 2

그림 3

그림 1, 2, 4, 5. 〈해리 포터와 아즈카반의 죄수〉에 등장하는 리무스 루핀 교수의 늑대인간 형태에 대한 다른 해석들, 롭 블리스 콘셉트 아트. **그림 3.** 〈해리 포터와 아즈카반의 죄수〉에 등장하는 리무스 루핀 교수의 늑대인간 형태에 대한 다른 해석, 애덤 브록뱅크 콘셉트 아트. 그림 6-9. 루핀이 늑대인간으로 변화하는 단계 탐구, 애덤 브록뱅크 습작들.

그림 4

그림 5

그림 7

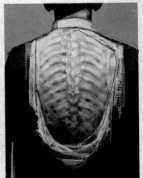

그림 8

그림 6

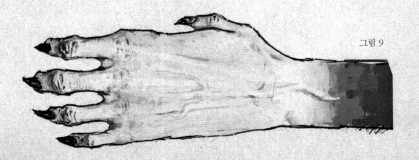

그림 9

그림 2

"너희들을 무지에서 벗어나게 해주마.
월요일 아침까지 내 책상 위에
양피지 두루마리 두 개 분량으로
늑대인간에 대해 조사해서 올려두거라.
특히 늑대인간을 구별하는 법을
중점적으로 조사하도록."

— 세베루스 스네이프
〈해리 포터와 아즈카반의 죄수〉

그림 1-4. 〈해리 포터와 아즈카반의 죄수〉에 등장한 늑대인간
콘셉트. 롭 블리스 습작들.

그림 1

그림 3

그림 4

리무스 루핀

〈해리 포터와 아즈카반의 죄수〉에는 리무스 루핀이 어린 시절, 늑대인간 펜리 그레이백에게 물린 이야기가 소개된다. 어른이 된 후에는 투구꽃 마법약을 먹으면서 스스로를 통제할 수 있게 되었지만, 루핀은 여전히 수치스럽고 무거운 비밀과 싸우고 있다. 제작진은 의상과 분장으로 이 분위기를 표현했다.

늑대인간으로 변신한다는 소재는 리무스 루핀 이전에도 영화 역사 전반에 걸쳐 백번 이상 다루어졌기 때문에, 〈해리 포터와 아즈카반의 죄수〉의 비주얼 개발 작업 팀은 이 상징적인 인물에 새로운 느낌을 부여하고자 했다. 새로운 영감은 루핀의 상태를 질병으로 보자는 데서 시작되었다. 그 결과, 루핀의 창백한 얼굴과 흉터투성이 몸은 고통에 맞서 싸우는 표식이 되었고, 우중충하고 낡은 옷은 그가 겪는 고난과 결핍을 암시하게 되었다.

루핀의 늑대인간 모습은 영화 속의 상투적인 늑대인간들처럼 무섭게 만드는 대신, 무겁고 슬픈 분위기를 담아 만들었다. 분장은 늑대의 얼굴에도 인간의 형태가 남도록 디자인했다. 루핀의 늑대인간은 거의 먹지 않아서 빼빼 마른 흉터투성이 몸에 다리가 길고 등이 굽은 것으로 디자인되었다. 대다수의 영화 속 다른 늑대인간들과 구분되는 또 하나의 큰 차이는 루핀에게 비교적 털이 없다는 것이다.

처음에 특수 캐릭터 디자이너들은 보형물과 애니매트로닉을 이용해 실사로 늑대인간의 변신 과정을 촬영하려고 했다. 이들은 소품을 어떻게 조작할 것인지에 대한 걱정은 미뤄두고, 일단 원하는 모습의 늑대인간을 만들었다. 그 결과 키가 엄청나게 크고(2.1미터), 체격은 아주 앙상한 기이한 생명체가 만들어졌다. 그 때문에 연기자에게는 이 보형물의 내부에 꼭 맞는 체격과 특별한 기술이 요구되었다. 킥복싱 선수와 댄서가 뽑혔고, 이들은 몇 달 동안 90센티미터 높이의 죽마를 신고 훈련했다. 영화에 필요한 키로 성큼성큼 걷기 위해서였다. 그러나 되받아치는 버드나무가 있는 실제 촬영장에 가자, 연기자들은 연습한 만큼 효과를 내지 못했다. 복장이 너무 조이고 답답해서 제작진이 원하는 만큼 역동적으로 생명체를 표현할 수 없는 데다, 촬영 장소가 바위와 키가 큰 풀로 가득한 구불구불한 언덕이어서 지형을 가로질러 빠르게 이동할 수 없었던 것이다. 이런 이유들 때문에 스크린에 마지막으로 등장한 늑대인간은 결국 컴퓨터로 만들었다.

루핀이 인간에서 늑대인간으로 완벽하게 변신하는 과정에는 실제적인 것과 메이크업 효과들이 결합되었다. 배우 데이비드 슐리스(리무스 루핀)는 보형물을 몇 단계로 착용해서 눈과 이와 손을 변화시켰다. 또 코트 등판 아래에는 유선으로 조종되는 장치를 넣어서 이것이 팽창하면서 천이 찢어지게 했고, 목에는 공기 주머니를 장착해 부풀어 오르도록 했다. 배우의 발이 길게 늘어나 신발 밖으로 나오는 장면에는 시각적 속임수를 썼다.

그림 1

"내면의 광기를 자네는 잘 알지.
그렇지 않나, 리무스?"

—**시리우스 블랙**
〈해리 포터와 아즈카반의 죄수〉

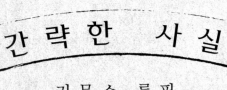

간략한 사실

리무스 루핀

1. 영화 속 등장 (늑대인간으로만):

〈해리 포터와 아즈카반의 죄수〉

2. 등장 장소: 호그와트 성

3. 디자인 노트: 리무스 루핀의 얼굴에 새겨진 두 개의
흉터는 그의 두 모습 사이의 연결을 상징한다.

4. 《해리 포터와 아즈카반의 죄수》 20장 설명:

"루핀의 머리가 길어지고 있었다. 몸도 마찬가지였다. 어깨는
굽어졌다. 얼굴과 손에서 눈에 띌 정도로 털이 돋아났는데, 두 손은
오그라들어 날카로운 발톱이 달린 짐승의 발로 변하는 중이었다."

그림 2

그림 3

그림 4

그림 1, 2. 늑대 모습을 한 루핀 교수 습작, 웨인 발로 작품. 그림 3. 데이비드 슐리스 (리무스 루핀)
의 〈해리 포터와 아즈카반의 죄수〉 홍보용 사진. 늑대인간의 고통을 드러내는 흉터가 있다.
그림 4. 늑대인간에 깃든 감동적인 면 탐구. 웨인 발로 습작.

펜리 그레이백

〈해리 포터〉 영화에서 펜리 그레이백은 자신의 야수적인 본성을 몹시 좋아해서 서서히 늑대와 인간이 뒤섞인 늑대인간이 된다. 그레이백은 〈해리 포터와 혼혈 왕자〉에서 다이애건 앨리, 호그와트 천문탑, 버로우에서의 공격에 관여하고, 〈해리 포터와 죽음의 성물 1부〉와 〈해리 포터와 죽음의 성물 2부〉의 전투에도 참여한다.

같은 늑대인간이지만 리무스 루핀과 펜리 그레이백 사이에는 중요한 차이가 있다. 그레이백은 자신의 변신을 배우 반겨서 인간 형태일 때도 늑대의 성격을 간직한다는 점이다. 켄타우로스나 인어처럼 그레이백에게는 늑대와 인간의 분명한 경계선이 없다. 디자이너들이 늑대의 짧은 털이 가슴에서 시작해 얼굴과 머리카락까지 연결되도록 만들었기 때문에 이 생명체에게는 머리카락 구분선이 따로 없다. 배우 데이브 르게노는 눈썹을 없앴으며 밝은 빛에 늑대와 똑같이 반응하기 위해 검은 콘택트렌즈를 꼈다.

그레이백의 늑대 털을 정교하게 살리기 위해서 특수 분장 팀은 실리콘 보형물 일곱 개를 준비해 색을 칠한 다음 염소 털을 하나하나 박아 넣었다. 털을 붙일 때는 접착제를 쓰지 않고 한 올씩 박아 넣었기 때문에 더 자유롭게 움직일 수 있었다. 이 보형물을 배우의 얼굴, 가슴, 귀에 부착했다. 이런 식으로 작은 보형물을 여러 개 부착하면 큰 보형물 두세 개를 쓸 때보다 더 확실하고 정확한 응용을 할 수 있어서 분장사들의 작업이 훨씬 쉬워진다. 보형물은 그날 촬영이 끝나면 제거 전문가가 떼어서 버리기 때문에 계속 촬영하려면 매일 새 보형물이 필요했다. 제작진은 촬영에 들어가기 전 수없이 많은 보형물 조각을 각각 제작해서 보관해두었다가 매일 이것들을 사용했다.

그림 1

그림 2

그림 3

그림 4

그림 5

"모두 그레이백이라는 늑대인간 덕분이야.
나중에 은혜를 갚고 싶어."

—빌 위즐리
〈해리 포터와 죽음의 성물 1부〉

그림 1. 〈해리 포터와 혼혈 왕자〉에 등장한 펜리 그레이백, 롭 블리스 작품.
그림 2. 〈해리 포터와 죽음의 성물 2부〉에서 점점 늑대로 변해가는 펜리 그레이백을 연기한 데이브 르게노.
그림 3. 〈해리 포터와 죽음의 성물 2부〉의 그레이백, 롭 블리스 작품.
그림 4. 〈해리 포터와 혼혈 왕자〉의 그레이백, 롭 블리스 묘사.
그림 5. 〈해리 포터와 혼혈 왕자〉에서 데이브 르게노(펜리 그레이백)가 으르렁거리는 연기를 하고 있다.

간략한 사실

펜리 그레이백

1. 영화 속 첫 등장: 〈해리 포터와 혼혈 왕자〉

2. 재등장: 〈해리 포터와 죽음의 성물 1부〉 〈해리 포터와 죽음의 성물 2부〉

3. 등장 장소: 호그와트, 다이애건 앨리, 버로우

4. 디자인 노트: 특수 캐릭터 디자이너들은 그레이백을 위해 늑대 중에서도 특히 회색늑대의 색깔 패턴을 연구했다.

5. 《해리 포터와 혼혈 왕자》 27장 설명:

"덩치가 크고 팔다리가 긴 남자의 회색 머리카락과 구레나룻은 잔뜩 엉겨 있었으며 그가 입고 있던, 죽음을 먹는 자들의 망토는 불편할 정도로 꽉 죄는 듯했다…… 그의 더러운 두 손에는 기다랗고 누런 손톱이 자라나 있었다."

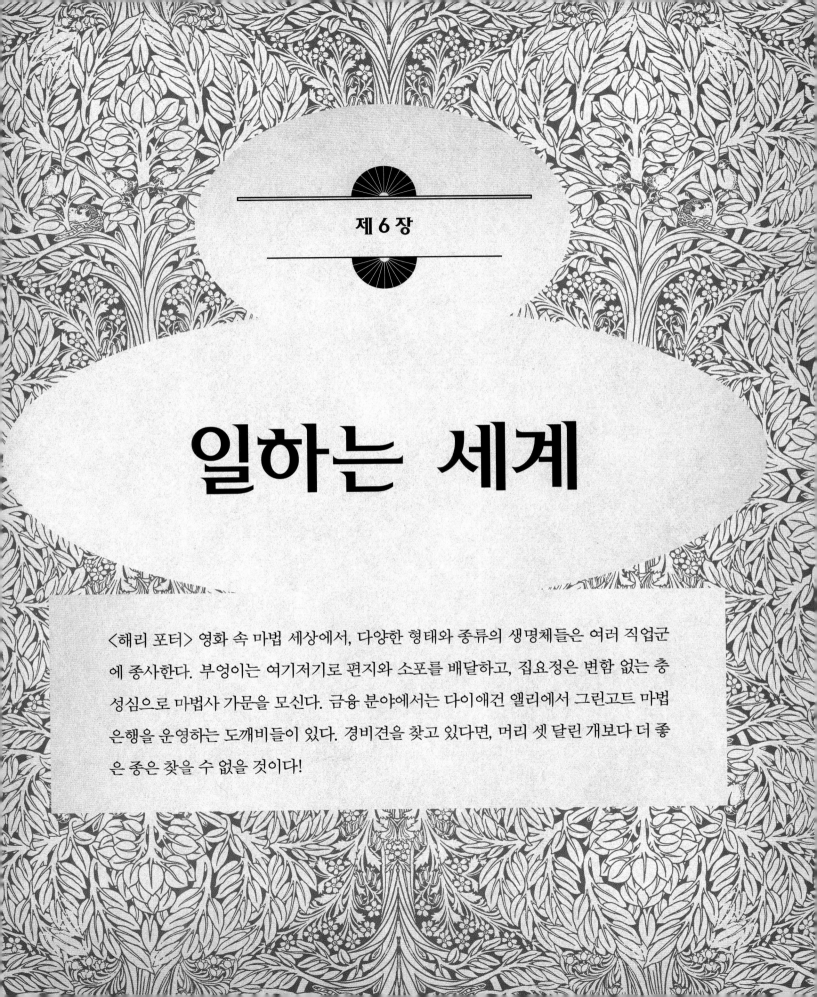

제6장

일하는 세계

〈해리 포터〉 영화 속 마법 세상에서, 다양한 형태와 종류의 생명체들은 여러 직업군에 종사한다. 부엉이는 여기저기로 편지와 소포를 배달하고, 집요정은 변함 없는 충성심으로 마법사 가문을 모신다. 금융 분야에서는 다이애건 앨리에서 그린고트 마법은행을 운영하는 도깨비들이 있다. 경비견을 찾고 있다면, 머리 셋 달린 개보다 더 좋은 종은 찾을 수 없을 것이다!

부엉이 집배원

부엉이 집배원들은 호그와트 학생들의 집에서 보낸 편지와 소포, 신문을 비롯해 학생들 앞으로 온 온갖 물건들을 배달한다. 네빌 롱바텀은 〈해리 포터와 마법사의 돌〉에서 리멤브럴을 받고, 론 위즐리는 〈해리 포터와 비밀의 방〉에서 호울러를 받는다. 그리고 헤르미온느 그레인저는 〈해리 포터〉 시리즈 내내 정기적으로 부엉이 집배원에게서 《예언자 일보》를 받아 본다.

〈해리 포터〉 영화에 가장 많이 등장하는 부엉이는 아주 작은 종에서 아주 큰 종까지, 무게도 100그램(큰소쩍새)에서 1,500그램(수리부엉이)까지 다양하다. 16마리 부엉이는 우편배달에 필요한 다양한 과제를 위해 여러 가지 '동작'을 훈련받았고, 부엉이 한 마리마다 조련사가 한 명씩 동행했다. 영화에는 북방올빼미, 가면올빼미, 흰올빼미 등 다양한 부엉이 종이 등장하는데, 환경에 따라 각 종의 날개 구조가 다르기 때문이다. 큰 부엉이들은 날개가 커서 하늘로 솟아오르는 것을 잘하고, 작은 부엉이들은 깡충깡충 뛰는 것을 잘한다.

실제로 부엉이들이 소포와 편지를 발톱으로 붙들고 배달하진 않았다. 새의 몸에 장착한 가벼운 플라스틱 도구에 이 소품들을 묶고, 이 도구들에 물건을 떨구는 장치를 단 다음, 보이지 않는 긴 끈을 연결해 조련사들이 잡고 있었다. 부엉이가 목표 지점으로 날아가서 물건을 떨굴 시점이 되면, 조련사는 장치를 작동해서 배달을 완료하게 했다. 큰 부엉이가 작은 부엉이를 잡아먹을 수 있기 때문에, 부엉이가 많이 등장하는 장면들은 한 번에 한두 마리씩만 찍은 다음 나중에 합성해서 만들었다.

부엉이는 야행성으로 알려져 있지만 실제로는 24시간 중 언제라도 활동이 가능하기 때문에 낮 시간의 활동에도 쉽게 적응한다. 〈해리 포터〉 영화에 출연한 부엉이들 역시 낮에 활동하는 데 금세 익숙해졌다. 비록 중간중간 낮잠을 자기는 했지만 말이다. 물론 몇 가지 예외는 있다. 〈해리 포터와 마법사의 돌〉에서 프리벳가 장면에 나오는 부엉이들은 모두 가짜다. 그 장면에 등장하는 부엉이들은 모형이거나 컴퓨터로 만들어진 것이다.

그림 1

> "아, 우편물이 왔네!"
>
> —론 위즐리
> 〈해리 포터와 마법사의 돌〉

호그와트 급행열차 역에서 새장 속에 담긴 부엉이들 역시 대부분 모형이었다. 헤드위그 역시 마찬가지였다. 기차에 타고 내리는 장면에 등장한 부엉이들의 새장은 모두 짐수레에 묶여 있었다. 실제 부엉이를 쓸 때는 항상 가볍고 보이지 않는 안전 줄을 묶었고, 부엉이가 날아다니는 장면을 찍을 때도 마찬가지였다. 〈해리 포터와 불의 잔〉의 부엉이장 장면에서는 실제 부엉이가 60마리 나왔지만, 가짜 부엉이는 훨씬 더 많았고, 그중에는 로봇 부엉이도 있었다. 부엉이장의 부엉이는 대개 동물 구조 센터에서 빌려온 것이었다.

"부엉이는 지혜의 여신이 데리고 다녀서 현명하다"라는 속설이 있지만, 실제로 부엉이들이 배우는 속도는 그리 빠르지 않다. 하지만 다행스럽게도, 부엉이들은 일단 한 가지를 배우면 잊지 않아서 새 영화를 찍을 때는 가르치는 속도가 훨씬 빨라졌다. 부엉이들은 휘파람 소리를 신호로 고개를 돌리거나 A 지점에서 B 지점으로 이동하는 훈련을 받았다. 훈련을 마친 다음에는 언제나 맛있는 간식을 선물로 받았다.

배경에 필요하거나 많은 수의 부엉이가 등장해야 할 때면, 몇몇 부엉이들은 그린스크린 앞에 선풍기를 세우고 조련사에게 잡힌 채로 나는 모습을 촬영했다. 그런 다음 컴퓨터로 조련사를 지우고, 부엉이를 배경에 필요한 만큼 멀고 높은 곳에 위치시키고 원하는 방향으로 날아가는 것으로 만들었다.

2

간략한 사실

부엉이 집배원

✳

1. **영화 속 첫 등장:** 〈해리 포터와 마법사의 돌〉
2. **재등장:** 〈해리 포터와 비밀의 방〉〈해리 포터와 아즈카반의 죄수〉
〈해리 포터와 불의 잔〉〈해리 포터와 불사조 기사단〉〈해리 포터와 혼혈 왕자〉
3. **등장 장소:** 호그와트 연회장, 9와 4분의 3 승강장, 부엉이장
4. **기술 노트:** 부엉이장의 부엉이 '똥'은 스티로폼
위에 석고와 물감을 떨어뜨려서 만들었다.
5. **《해리 포터와 마법사의 돌》 8장 설명:**
"첫째 날 아침식사 시간, 해리는 부엉이 백여 마리가
갑자기 대강당으로 쏟아져 들어오는 걸 보고 조금 충격을
받았다. 부엉이들은 식탁 주변을 빙빙 돌며 날아다니다가
주인을 발견하면 편지와 소포를 무릎에 떨어뜨렸다."

그림 3

앞쪽: 〈해리 포터와 불사조 기사단〉에 등장한 블랙 집안의 늙고 무뚝뚝한 집요정 크리처. 롭 블리스 작품. **그림 1.** 〈해리 포터와 비밀의 방〉에 등장한 호그와트 근처 숲의 부엉이. 애덤 브록뱅크 작품. **그림 2.** 〈해리 포터와 불의 잔〉에서 호그와트의 부엉이장에 간 해리 포터. 앤드루 윌리엄슨 작품. **그림 3.** 부엉이 집배원이 〈해리 포터와 불의 잔〉 촬영 중에 부엉이 카우보이 데이비드 수자의 팔에 앉아 있는 모습. 래드클리프(뒤)와 함께다.

집요정

집요정은 평생 동안 단 하나의 마법사 가문을 위해 일한다. 집요정들은 책임감 있고 성실하며 대개의 경우 자신의 주인에게 광적일 정도로 충성한다. 부름을 받았을 때는 믿을 수 없을 만큼 강력한 마법도 부릴 수 있다. 집요정들은 주인에게서 옷과 같은 물건을 선물받아야만 노예 상태에서 풀려날 수 있다. 우리가 〈해리 포터〉 영화에서 만난 집요정은 둘뿐이지만, 디자이너들은 이 생명체들을 여러 가지 다른 성격과 외모로도 만들어보았고, 육체적으로 나이 들게 만드는 흔치 않은 기회도 가졌다.

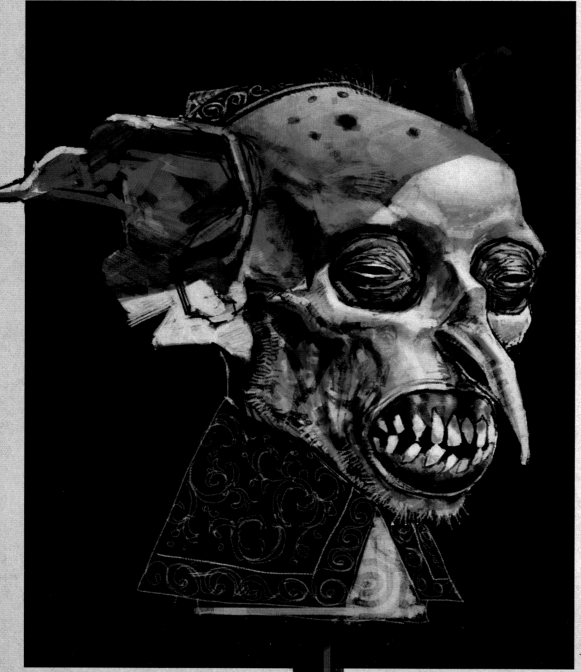

"무례하게 굴고 싶다거나
그런 건 아닌데,
지금은 내 방에
집요정을 들여놓기
좋은 때가
아닌 것 같아서 말이야."

—**해리 포터**
〈해리 포터와 비밀의 방〉

그림 1-5. 〈해리 포터와 불사조 기사단〉에서 그리몰드 광장 12번지에 간 해리 포터는 블랙 집안을 보필하다가 죽은 집요정들의 머리를 진열해두는 특이한 전통을 알게 된다. 코, 귀, 이, 피부를 다양하게 탐색한 섬득하고 흥미로운 롭 블리스의 콘셉트 아트워크.

그림 1

그림 2

그림 3

"도비는 영원히 한 가문만 섬겨요. 만약 그들이
도비가 여기 있다는 걸 안다면······"
— **도비**
〈해리 포터와 비밀의 방〉

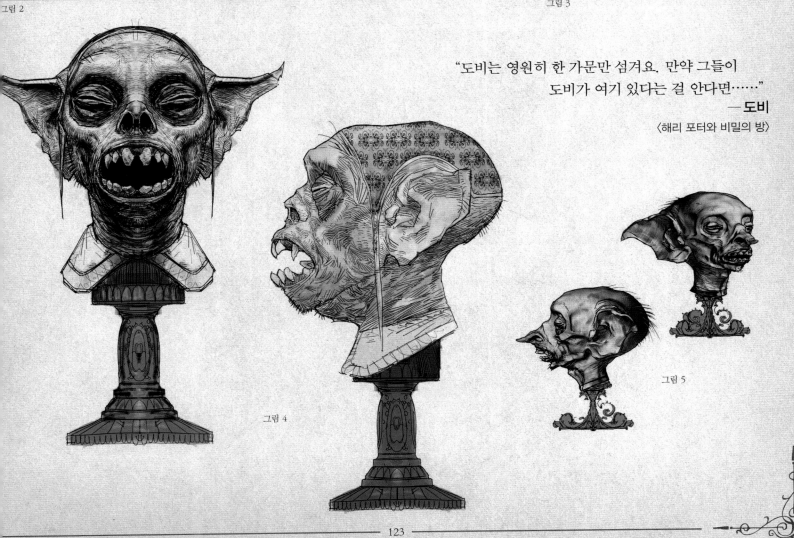

그림 4

그림 5

도비

말포이 집안을 보필하는 집요정 도비는 〈해리 포터와 비밀의 방〉에서 해리의 충성스러운 친구가 된다. 이때 해리가 도비를 말포이 가문에서 풀어주었기 때문이다. 둘은 〈해리 포터와 죽음의 성물 1부〉에서 다시 만나지만, 안타깝게도 도비는 해리와 친구들을 구하다가 죽는다.

그림 2

다정하고 독특한 생명체 도비는 〈해리 포터와 비밀의 방〉에 처음 등장했으며, 〈해리 포터〉 영화 시리즈의 주요 등장인물 가운데 전체가 컴퓨터로 만들어진 첫 번째 경우다. 도비는 수많은 디자인 실험을 거쳐서 박쥐 같은 귀, 깊은 감정이 담긴 커다란 눈, 뾰족한 코를 가진 집요정으로 만들어졌다. 디자이너들은 도비가 말포이 집안에서 하인으로 지낸 세월을 고려해 창백한 흑빛의 '포로 같은' 외모에 지저분한 피부와 힘없는 말투를 강조하기로 했다. 구부정한 자세도 말포이 집안에서 학대받은 세월들을 반증한다.

도비의 겉모습이 확정되자 특수 제작소는 모든 동작이 가능한 실물 크기의 채색 실리콘 모형을 만들었다. 모형 안에는 완전한 기능을 갖춘 뼈대가 있어서 조명 설치와 배우들의 시선 처리의 기준으로 세워두기도 했다. 이는 오버더숄더 샷(그림 3처럼 다른 사람의 어깨 너머로 보이는

장면—옮긴이)에도 몇 차례 쓰였다. 〈해리 포터와 비밀의 방〉에서 도비의 움직임은 모션 캡처 기술로 만들었다. 배우 토비 존스는 장면에 맞게 집요정의 목소리를 연기했고, 그런 다음 도비의 얼굴 표정과 신체적인 특징에 디지털 연기를 입혀 완성했다.

꼼꼼하게 만든 모형을 사이버스캔해서 현실감 넘치게 만들면 CGI 인물이라도 깊은 감정을 전달한다. 〈해리 포터와 죽음의 성물 1부〉에 도비가 마지막으로 등장했을 때, 이 집요정은 좀 더 부드럽고 좀 더 인간과 비슷한 모습이었다. 영화 제작자들은 그렇게 하면 정서적 공감이 더 커질 거라고 생각했다. 도비의 목과 얼굴은 매끈해지고 팔이 짧아졌으며, 눈은 예전만큼 튀어나오지 않았다. 도비가 해리의 품에서 죽는 장면에서, 시각 효과 디자이너들은 눈을 촉촉하게 적시고 피부에서 천천히 핏기가 사라지도록 했다. 도비가 조개껍데기 오두막에서 죽는 장면은 CGI 버전의 도비뿐 아니라 실물 크기 모형과 대역 배우까지 써서 촬영한 후에 모든 것을 합성해서 만들었다.

그림 3

그림 4

그림 5

"도비는 절대로 아무도 죽이지 않아요! 도비는 그냥
불구로 만들려고 했어요…… 크게 다치게 하거나요."

─도비

〈해리 포터와 죽음의 성물 1부〉

그림 6

그림 7

그림 8

그림 9

그림 1. 〈해리 포터와 비밀의 방〉에
등장한 집요정 도비. 롭 블리스 작품.
그림 2, 3. 〈해리 포터와 비밀의 방〉에서
도비는 더즐리의 집으로 온다. 해리가
호그와트로 돌아가지 않도록 설득하기
위해서다.
그림 4, 6-9. 여러 작업 팀의 도비 비주얼
개발 습작들.
그림 5. 해리는 도비에게 그 무엇도
호그와트로 가는 자신을 막을 수 없다고
이야기한다. 애덤 브록뱅크 아트워크.

그림 1

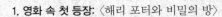

1. **영화 속 첫 등장:** 〈해리 포터와 비밀의 방〉
2. **재등장:** 〈해리 포터와 죽음의 성물 1부〉
3. **등장 장소:** 프리벳가 4번지, 호그와트, 그리몰드 광장 12번지, 말포이 저택, 조개껍데기 오두막
4. **기술 노트:** 애니메이터들은 도비가 화면상에서 어느 쪽을 보건 상관없이 도비의 미소가 항상 왼쪽에 나타나게 했다.
5. **《해리 포터와 비밀의 방》 2장 설명:**
"침대 위의 작은 생물은 커다랗고 박쥐 같은 귀에, 테니스공만 한 크기의 툭 튀어나온 초록색 눈을 하고 있었다."

그림 2

그림 3

그림 1, 2. 〈해리 포터와 비밀의 방〉을 위해 다양한 단계로 창작된 도비 마케트.
그림 3. 도비와 도비의 천조각 의상 습작들. 롭 블리스 작품.
그림 4. 행주를 두른 도비의 초기 콘셉트 아트. 작자 미상.
그림 5. 도비의 머리 습작. 롭 블리스 작품. **그림 6.** 〈해리 포터와 죽음의 성물 1부〉
와 〈해리 포터와 죽음의 성물 2부〉에 등장한 도비의 묘비. 해티 스토리 작품.
그림 7. 긴 코의 도비 초기 콘셉트 아트. 작자 미상.

그림 4

그림 5

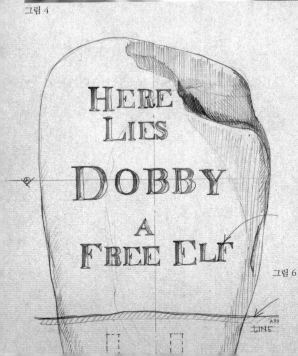

HERE
LIES

DOBBY
A
FREE ELF

그림 6

"주인님이 도비에게
옷을 주었어요!
도비는 자유예요!"

─도비
〈해리 포터와 비밀의 방〉

그림 7

127

그림 1

크리처

해리 포터는 〈해리 포터와 불사조 기사단〉에서 그리몰드 광장 12번지에 갔다가 블랙 가문에서 일하는 집요정 크리처를 만난다. 순수 혈통 마법사 주인에게 충성하는 크리처는 덤블도어를 따르는 시리우스나 그리몰드 광장에서 만나는 기사단 멤버들을 경멸한다. 하지만 〈해리 포터와 죽음의 성물 1부〉에서는 해리가 진짜 호크룩스 로켓을 찾도록 돕는다. 크리처는 도비와 같은 종족이지만 모든 면에서 도비와 정반대다. 디자이너들은 크리처에게 쪼글쪼글하고 처진 피부와 길고 축 늘어진 귀를 (귀털까지 완벽하게)

만들어주었다. 크리처는 굽은 등, 늘어진 목살, 흐릿한 눈빛에 비뚤어지고 구부정한 자세로 차갑고 까다로운 성미를 드러낸다. 도비가 활기차고 떠들썩하게 움직이는 반면, 크리처는 느리고 꾸준하며 거의 움직이지 않는다. 크리처의 목소리는 〈해리 포터와 불사조 기사단〉에서는 티모시 베이슨이, 〈해리 포터와 죽음의 성물 1부〉에서는 사이먼 맥버니가 연기했다. 마지막 장면에서는 크리처 역시 '약간 손을 봤다'. 코가 짧아지고 피부가 매끈해졌으며 귀가 (귀털도) 짧게 정리되었다.

그림 2

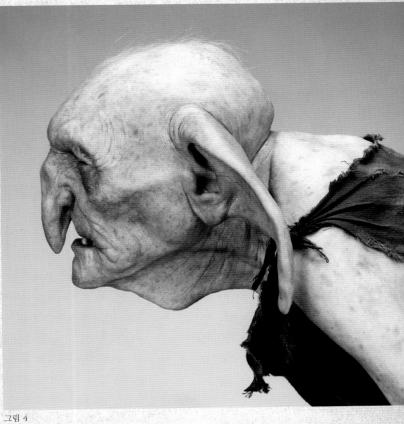

그림 3

그림 4

못된 것이 뻔뻔하게 서 있네.
　해리 포터, 어둠의 마왕을 막은 소년.
　　혼혈과 배신자들의 친구.
　　　불쌍한 마님이 이 사실을 안다면……"
　　　　　　　　　　　　— 크리처
　　　　　　　　　〈해리 포터와 불사조 기사단〉

그림 6

그림 5

그림 1. 〈해리 포터와 불사조 기사단〉에 등장한 크리처, 롭 블리스 작품.
그림 2. 크리처 채색 습작, 롭 블리스 작품. 그림 3, 4. 크리처 마케트.
그림 5, 6. 〈해리 포터와 불사조 기사단〉에 등장한 크리처, 롭 블리스 스케치들.

그림 1

그림 2

그림 3

그림 4

그림 1. 〈해리 포터와 불사조 기사단〉의 눈을 확대한 크리처 채색 습작, 롭 블리스 작품. **그림 2.** 생각에 잠긴 크리처, 롭 블리스 작품. **그림 3, 4.** 크리처 마케트. **그림 5.** 귀 모양 습작들, 롭 블리스 작품. **그림 6.** 〈해리 포터와 불사조 기사단〉에서 크리처가 블랙 가문의 태피스트리 방에서 해리(대니얼 래드클리프)를 모욕하는 장면. **그림 7.** 코가 짧아진 크리처, 롭 블리스 작품.

크리처가 사는 이유는 고귀하신
블랙 가문을 섬기기 위해서예요."
—**크리처**
〈해리 포터와 불사조 기사단〉

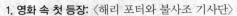

간략한 사실

크리처

✳

1. **영화 속 첫 등장**: 〈해리 포터와 불사조 기사단〉

2. **재등장**: 〈해리 포터와 죽음의 성물 1부〉

3. **등장 장소**: 그리몰드 광장 12번지

4. **디자인 노트**: 디자이너들은 크리처를
'모든 면에서 역겹고 섬뜩하게' 만들고자 했다.

5. **《해리 포터와 불사조 기사단》 6장 설명**:
"집요정은 살가죽이 몸집에 비해 몇 배는 큰 것처럼 쭈글쭈글하고
늘어져 있었으며, 모든 집요정들이 그렇듯 대머리이기는 했지만
커다랗고 박쥐처럼 생긴 귀에서는 흰 털이 꽤 많이 자라 있었다."

그림 5

그림 7

그림 6

131

도깨비

〈해리 포터〉영화에서 도깨비들은 다이애건 앨리에 위치한 그린고트 은행 사무실에서 상담사로 일한다. 영화 속에서 이 생명체들은 기다란 손가락, 기다란 귀, 그리고 기다란 코를 가진 모습으로 창조되었다. 해그리드와 해리는 〈해리 포터와 마법사의 돌〉에서 포터 가문의 금고에서 돈을 꺼내는데, 이때 도깨비 그립훅의 인도를 받는다. 〈해리 포터와 죽음의 성물 2부〉에서 해리, 그립훅, 헤르미온느 그레인저, 론 위즐리는 그린고트의 도깨비를 속이고 레스트랭 가문의 금고를 연다.

〈해리 포터〉영화의 특수 캐릭터 디자이너들은 도깨비의 가장 중요한 특징이 성격이라는 점을 일찌감치 깨달았다. 이들은 흥미로운 성격 유형들을 만든 다음, 이것을 '도깨비화'했다. 디자이너들은 도깨비들 각자의 개성이 드러나게끔 귀 뒤, 턱, 코를 따로 디자인하는 수고를 거쳤다.

도깨비가 〈해리 포터와 마법사의 돌〉에 처음 등장했을 때부터 〈해리 포터와 죽음의 성물 2부〉에 마지막으로 등장했을 때까지 10년의 시간이 흘렀다. 그동안 도깨비의 겉모습을 만드는 보형물 기술은 큰 발전을 이루었다. 도깨비의 머리는 두 영화 모두 실리콘으로 만들었지만, 최근에 제작된 실리콘은 움직일 수 있고, 감촉도 실제 피부 같다.

〈해리 포터와 죽음의 성물 2부〉의 은행 장면에서 도깨비가 60명도 넘게 필요하자, 특수 제작소는 분장사들을 조립 라인에 앉혀서 도깨비의 얼굴과 손에 색을 칠하고 머리카락과 속눈썹을 한 올씩 심는 작업이 한꺼번에 이루어지도록 했다. 도깨비 보형물은 그날의 촬영이 끝나면 다시 사용할 수 없었기 때문에, 똑같은 도깨비 머리를 수없이 많이 만들어두고 촬영이 있는 날마다 사용해야 했다.

그림 1. 그린고트 은행에 있는 도깨비의 〈해리 포터와 죽음의 성물 2부〉홍보용 사진.
그림 2-4. 〈해리 포터와 마법사의 돌〉에 등장한 도깨비. 폴 캐틀링 습작들.

그림 1

그림 2

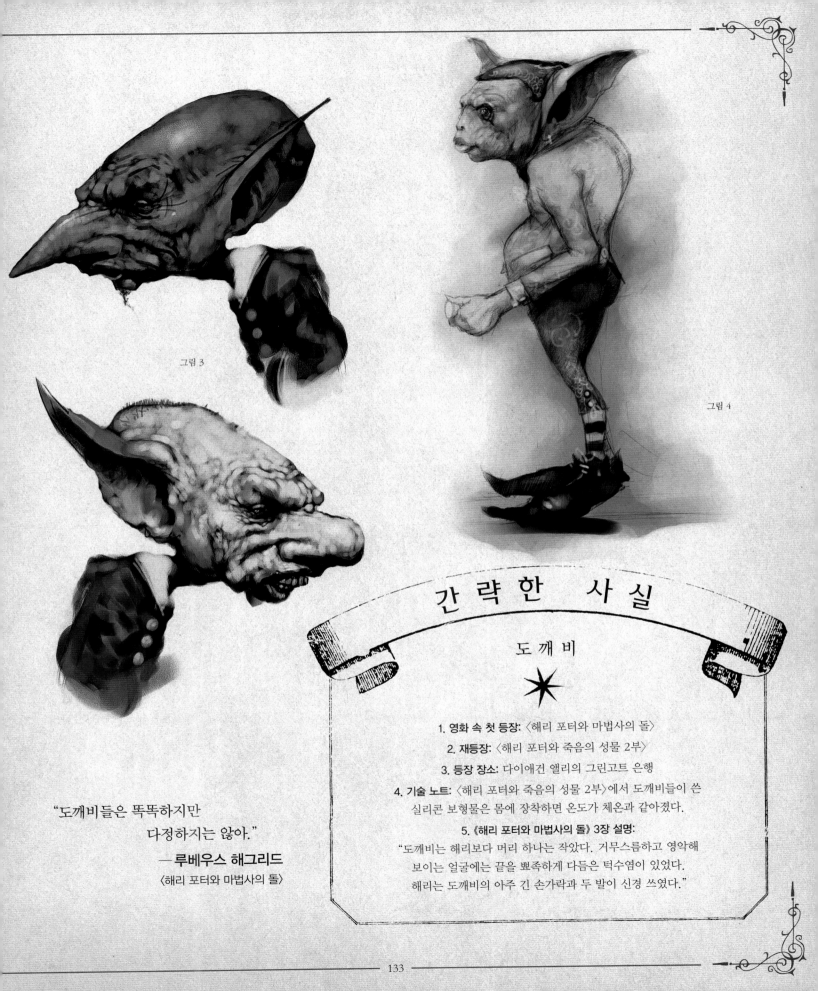

그림 3

그림 4

"도깨비들은 똑똑하지만
다정하지는 않아."
— 루베우스 해그리드
《해리 포터와 마법사의 돌》

간략한 사실

도깨비

1. 영화 속 첫 등장: 〈해리 포터와 마법사의 돌〉
2. 재등장: 〈해리 포터와 죽음의 성물 2부〉
3. 등장 장소: 다이애건 앨리의 그린고트 은행
4. 기술 노트: 〈해리 포터와 죽음의 성물 2부〉에서 도깨비들이 쓴
실리콘 보형물은 몸에 장착하면 온도가 체온과 같아졌다.
5. 《해리 포터와 마법사의 돌》 3장 설명:
"도깨비는 해리보다 머리 하나는 작았다. 거무스름하고 영악해
보이는 얼굴에는 끝을 뾰족하게 다듬은 턱수염이 있었다.
해리는 도깨비의 아주 긴 손가락과 두 발이 신경 쓰였다."

그림 1

그림 2

그림 3

그립훅

그린고트 직원 그립훅은 〈해리 포터와 마법사의 돌〉에서 해리 포터와 처음 만난다. 그리고 해리를 포터 가문의 금고로 안내한다. 그들은 〈해리 포터와 죽음의 성물 1부〉와 〈해리 포터와 죽음의 성물 2부〉에서 다시 만나고, 그립훅은 해리와 계약을 맺고 레스트랭 가문의 금고를 여는 데 도움을 준다.

그립훅은 〈해리 포터〉 영화에서 많은 역을 맡은 중견 배우 워릭 데이비스가 연기했다. 〈해리 포터와 죽음의 성물 1부〉와 〈해리 포너와 죽음의 성물 2부〉에서 데이비스가 그립훅으로 변신하는 데는 네 시간이 걸렸고, 여기에 콘택트렌즈와 발음을 불분명하게 만드는 날카로운 틀니까지 끼웠다. 촬영이 끝나고 나면 분장을 지우는 데 다시 한 시간이 걸렸다. 데이비스는 〈해리 포터와 마법사의 돌〉에서는 해리의 금고 열쇠를 가져가는 은행원 도깨비를, 〈해리 포터와 아즈카반의 죄수〉에서는 호그와트의 필리어스 플리트윅 교수와 호그와트 합창단장을 연기했다. 〈해리 포터와 불사조 기사단〉에서는 마법약 시장에서 큰돈을 잃은 도깨비 역의 카메오로 출연했다.

그림 4

그림 5

그림 1. 〈해리 포터와 마법사의 돌〉 홍보자료 속 그린고트의 도깨비들.
그림 2. 은행원 도깨비의 보형물 머리 부분.

그림 3. 특수 제작소에 전시된 도깨비 머리 보형물들로, 〈해리 포터와 마법사의 돌〉에 사용되었다.
그림 4. 〈해리 포터와 죽음의 성물 2부〉에서 그립훅으로 변한 워릭 데이비스.
그림 5. 그립훅의 비주얼 개발 아트워크, 폴 캐틀링 작품.

간략한 사실

그립훅

1. **영화 속 첫 등장:** 〈해리 포터와 마법사의 돌〉

2. **재등장:** 〈해리 포터와 죽음의 성물 2부〉

3. **등장 장소:** 그린고트 은행, 조개껍데기 오두막

4. **기술 노트:** 〈해리 포터와 마법사의 돌〉에서 그립훅의 몸 연기는
번 트로이어가 했다. 워릭 데이비스는 목소리 연기만 했다.

5. **《해리 포터와 죽음의 성물》 24장 설명:**
"해리는 도깨비의 누르께한 피부와 길고 가느다란 손가락,
검은 두 눈을 주의 깊게 살폈다…… 도깨비의
둥그런 머리는 인간의 것보다 훨씬 컸다."

그림 2

그림 1

그림 3

그림 1-6. 〈해리 포터와 마법사의 돌〉의 시대 의상 팀 아이디어에 따라
디킨스 소설에나 나올 법한 옷을 입은 그립훅, 폴 캐틀링 묘사.

그림 4

"나는 너를 들여보내겠다고 했지,
내보내겠다고는 하지 않았어."

—**그립훅**
〈해리 포터와 죽음의 성물 2부〉

그림 6

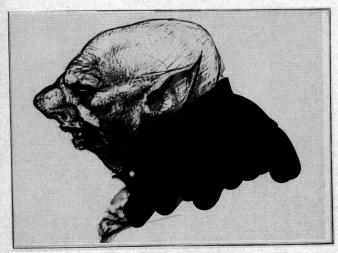

그림 5

플러피

〈해리 포터와 마법사의 돌〉에서 몇몇 교수들은 마법사의 돌을 지키기 위해서 여러 가지 방범 장치를 설치했다. 첫 번째 장치는 루베우스 해그리드가 데려다놓은 머리가 셋 달린 경비견 플러피다.

특수 캐릭터 디자이너들에게 주어진 가장 중요한 과제는 언제나 믿기지 않는 것을 믿을 수 있는 것으로 만드는 것이다. 그래서 〈해리 포터와 마법사의 돌〉에 등장하는 머리가 셋 달린 개는 개 세 마리가 한 몸에 합쳐진 것처럼 보여야 했다. 이 결합을 위해서 디지털 애니메이터들은 각각의 머리에 서로 다른 성격을 부여해 하나는 생기가 없고, 하나는 영리하고, 또 하나는 아주 민첩한 것으로 설정했다. 그러자 재미난 상호 작용도 만들 수 있었다. 제작진은 세 개의 머리가 동시에 움직이지 않도록 특별히 주의를 기울였고, 각각의 머리가 모든 행동을 개별적으로 하도록 했다.

해리 포터, 론 위즐리, 헤르미온느 그레인저는 잠든 개를 지나간 다음, 바닥의 문을 열기 위해 이 개의 거대한 발을 치워야 했다. 그래서 제작진은 배우들이 밀어낼 플러피의 오른발을 실물 크기로 묵직하게 만들었다. 이 한 가지를 제외한 플러피의 나머지 모든 동작은 컴퓨터로 만들어졌다. 그렇다면 론의 어깨에 떨어진 플러피의 침은 뭐냐고? 불쾌한 실사 효과였다.

그림 1

그림 2

그림 3

그림 4

"물론 그는 플러피에 관심이 있었지!
머리 셋 달린 개를 얼마나 자주 보겠어,
이쪽 일을 하고 있다고 해도 말이야."

—루베우스 해그리드
〈해리 포터와 마법사의 돌〉

간략한 사실

플러피

1. 영화 속 등장: 〈해리 포터와 마법사의 돌〉
2. 등장 장소: 호그와트 성, 3층 복도 오른쪽
3. 디자인 노트: 플러피의 머리는 스태퍼드셔
   불테리어의 머리를 토대로 만들었다.
4. 《해리 포터와 마법사의 돌》 9장 설명:
   "그들은 천장과 바닥 사이의 공간을 가득 채우고 있는, 무시무시하게
   덩치 큰 개와 정면으로 눈을 마주쳤다. 그 개는 머리가 셋 달려 있었다.
   이리저리 굴려대는 광기어린 눈도 세 쌍, 그들이 있는 방향을 향해
   움찔거리며 떨리는 코도 세 개, 침을 뚝뚝 흘리는 입도 세 개……"

그림 1. 〈해리 포터와 마법사의 돌〉에서 론 위즐리(루퍼트 그린트),
헤르미온느 그레인저(에마 왓슨), 해리 포터(대니얼 래드클리프)는
머리 셋 달린 경비견 플러피를 만난다.
그림 2-4. 영화에 나오는 플러피의 거대한 발 두 개와 세 개의 머리.

"플러피는 3층에서 무언가를 지키고 있어.
바닥 문 아래 있는 무언가……
마법사의 돌이야!"

—헤르미온느 그레인저
〈해리 포터와 마법사의 돌〉

제 7 장

어둠의 세력

〈해리 포터〉 영화 속 마법 세계에는 가장 끔찍한 악몽 속에 존재하는 생명체들도 있다. 그 중 많은 수가 볼드모트 경의 권력 추구에 가담한다. 볼트모트는 두 번이나 비밀의 방을 열어서, 눈이 마주친 사람을 돌로 만드는 바실리스크를 풀어놓았다. 어둠의 마왕은 두 번째로 권력을 잡았을 때 디멘터를 군대로 쓰는 한편, 인페리우스들에게는 호크룩스 로켓을 지키게 하여 자신의 무기 중 하나로 활용한다.

바실리스크

<해리 포터와 비밀의 방>에 등장하는 비밀의 방에는 천 년 묵은 뱀 바실리스크가 살고 있다. 이 뱀은 본래 살라자르 슬리데린이 다스리던 생명체다. 바실리스크가 이 방에 감금된 이후, 이 생명체에게 명령을 내릴 수 있었던 사람은 오직 톰 리들이라는 학생 한 명뿐이었다. <해리 포터와 비밀의 방>에서 바실리스크는 다시 한 번 풀려나고, 그때 이 괴수를 죽이고 학교를 구하는 임무는 오직 해리의 손에 달려 있었다.

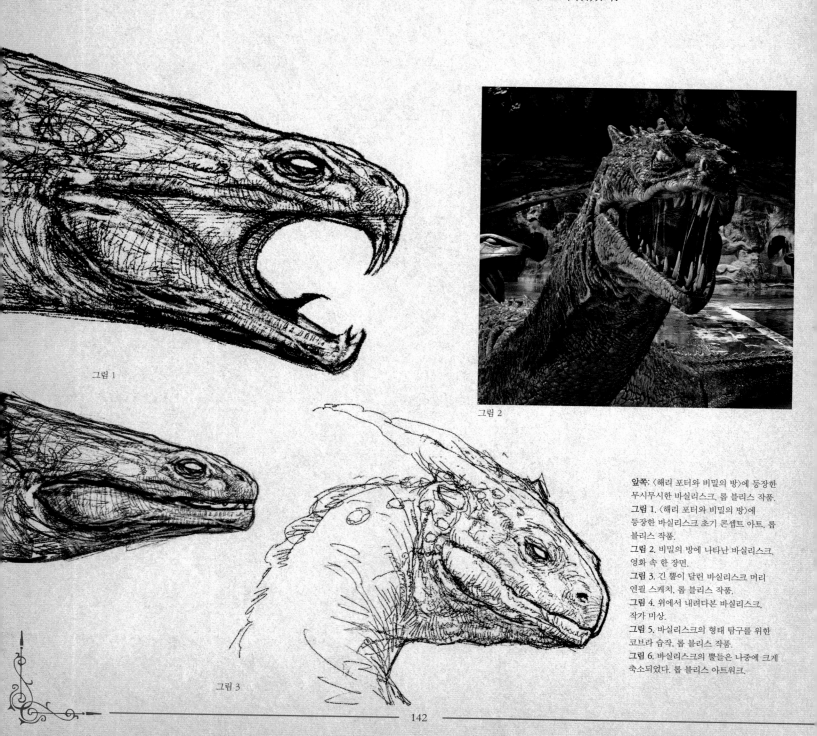

그림 1

그림 2

그림 3

앞쪽: <해리 포터와 비밀의 방>에 등장한 무시무시한 바실리스크, 롭 블리스 작품.
그림 1. <해리 포터와 비밀의 방>에 등장한 바실리스크 초기 콘셉트 아트, 롭 블리스 작품.
그림 2. 비밀의 방에 나타난 바실리스크, 영화 속 한 장면.
그림 3. 긴 뿔이 달린 바실리스크 머리 연필 스케치, 롭 블리스 작품.
그림 4. 위에서 내려다본 바실리스크, 작가 미상.
그림 5. 바실리스크의 형태 탐구를 위한 코브라 습작, 롭 블리스 작품.
그림 6. 바실리스크의 뿔들은 나중에 크게 축소되었다. 롭 블리스 아트워크.

그림 4

그림 5

〈해리 포터와 비밀의 방〉에 등장한 바실리스크는 호그와트 성 아래 깊은 지하에 살며, 파충류의 신체적 특징을 강조한 몸과 용 모양 머리를 지녔다. 제작진은 단단하고 우둘투둘하고 끈끈한 피부의 바실리스크의 삶 전체를 컴퓨터 안에서 만들어냈다. 비주얼 개발 연구에는 실제 동물 관찰이 포함되었는데, 관찰 대상 중에는 몸길이가 2.5미터에 이르는 버마비단뱀 도리스도 있었다. 대상 모델을 사이버스캔했지만, 비밀의 방의 바닥에는 바실리스크가 벗어놓은 허물이 있어야 했다. 그리고 이 허물을 만들기 위해서는 실물 크기의 바실리스크 모형이 필요했다. 그래서 특수 제작소는 우레탄 고무로 뱀 허물의 앞부분 12미터를 만들었다.

그다음으로 필요한 것은 〈해리 포터와 비밀의 방〉의 마지막 전투 장면에서 대니얼 래드클리프(해리 포터)와 대결할 실물 크기의 바실리스크 입이었다. 특수 제작소는 바실리스크의 이빨과 입 안쪽뿐 아니라 머리 전체를 만들어야 CG 분량을 줄일 수 있다고 판단했다. 제작진은 여기서 더 나아가 목 부분까지 모형을 만들 수 있는지, 턱이 열리도록 만들 수 있는지, 입을 위아래로 움직일 수 있는지, 바실리스크의 코를 찔렀을 때 코가 움직이게 할 수 있는지, 눈과 눈꺼풀을 눈이 먼 다음에도 움직이게 할 수 있는지, 그리고 모든 독사가 다 그렇듯 이빨을 뒤로 접고 입을 다물 수 있게 할 수 있는지도 물었다. 그래서 실물 사이즈의 뱀 허물에 이어 또 하나의 실물 크기 모형 바실리스크가 〈해리 포터와 비밀의 방〉 촬영장에 등장했다. 이 모형은 아쿠아트로닉 시스템을 사용해서 바실리스크의 기어가는 동작과 입의 움직임을 매끄럽게 표현해냈다. 각각의 이빨은 케이블로 움직였다.

그림 6

그림 1

그림 2

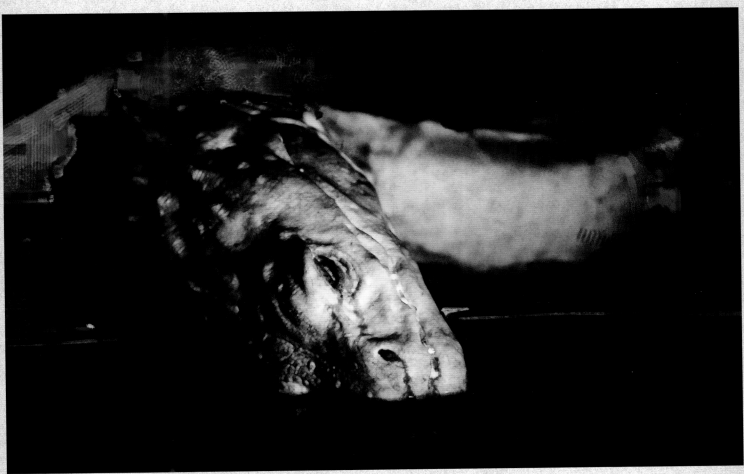

그림 3

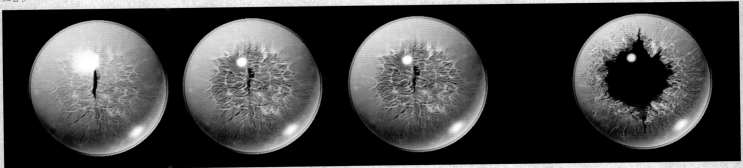

그림 4

"우리의 땅을 배회하는 많은 야수 가운데 바실리스크보다 더 치명적인 것은 없다.
이들은 수백 년을 살 수 있으며, 이 거대한 뱀과 시선이 마주치면
누구나 그 자리에서 죽게 된다."

—해리 포터

〈해리 포터와 비밀의 방〉에서 도서관 책에서 찢어낸 부분을 읽는 장면

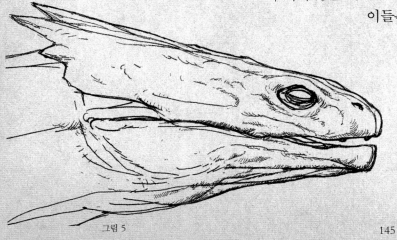

그림 5

그림 1. 〈해리 포터와 비밀의 방〉에서 해리(대니얼 래드클리프)가
바실리스크를 무찌르는 장면.
그림 2. 죽음의 고통으로 몸부림치는 바실리스크.
그림 3. 죽어서 누워 있는 바실리스크, 롭 블리스 비주얼 개발 작업.
그림 4. 바실리스크의 눈 습작, 롭 블리스 작품.
그림 5. 초기 콘셉트 스케치, 롭 블리스 작품.

그림 1

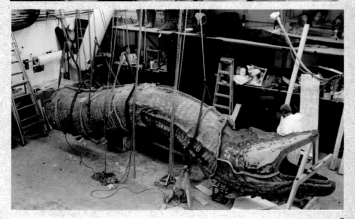

바실리스크의 목과 몸통을 실제 크기로 제작하는 일은 처음에는 그리 실용적으로 보이지 않았다. 디자인이 너무 무겁거나 다루기 불편하지 않아야 했기 때문에, 알루미늄으로 기다란 관 모양 또는 6각형 모양 구조물을 만들고, 생명체의 피부 안쪽에는 폼 라텍스 재질을 채워 넣어야 했다. 아주 복잡하고 힘든 기계 작업으로만 가능한 일이었다. 처음에는 모두가 그렇게 생각했다. 그런데 특수 제작소의 한 직원이 사다리를 써보자고 제안했고, 그것이 행운의 해결책이 되었다. 알루미늄 사다리는 본래 튼튼하지만, 바실리스크의 피부 아래에 설치하기 위해 더욱 튼튼하게 만들었다. 알루미늄 사다리의 또 다른 장점은 가볍다는 데 있었다. 뱀이 꼬리를 휘두르며 해리 포터와 싸우는 장면에서 이는 매우 중요한 장점이 되었다.

그림 2-5

그림 6

그림 1-5. 특수 제작소에서 바실리스크를 만드는 모습. 알루미늄 사다리로
만든 구조물 위에 12미터 길이의 피부를 씌우고 있다.
그림 6. 〈해리 포터와 죽음의 성물 2부〉에서 론 위즐리와 헤르미온느
그레인저는 바실리스크의 이빨을 찾으려고 비밀의 방으로 되돌아간다.
애덤 브록뱅크 아트워크.
그림 7. 〈해리 포터와 비밀의 방〉 촬영 전에 실물 크기의 바실리스크에 물을
뿌리고 있다.

간략한 사실

바실리스크

1. **영화 속 등장**: 〈해리 포터와 비밀의 방〉
2. **등장 장소**: 비밀의 방
3. **기술 노트**: 비밀의 방 안에서 바실리스크의 마지막 9미터
정도는 사이버스캔한 모형을 토대로 디지털로 만들었다.
4. **《해리 포터와 비밀의 방》 17장 설명:**
"집채만 한 뱀이 몸을 높이 일으켜 세웠다. 색깔은 독기 어린 밝은
녹색이었고 굵기는 오크나무 밑동처럼 굵었다. 놈의 거대하고 뭉툭한
머리가 기둥 사이사이를 술에 취한 듯 비집어대는 중이었다."

그림 7

디멘터

디멘터는 아즈카반을 지키는 유령 같은 어둠의 생명체다. 이들은 〈해리 포터와 아즈카반의 죄수〉에서 시리우스 블랙을 되찾으려고 호그와트로 향한다. 영혼을 파괴하는 이들의 힘이 해리에게 심각한 영향을 미치자, 루핀 교수는 해리에게 패트로누스라는 방어술을 가르친다. 디멘터 무리는 〈해리 포터와 불사조 기사단〉의 리틀 위닝에 등장해서 해리와 두들리 더즐리를 공격하고, 해리는 그들을 힘겹게 물리친다. 디멘터들은 〈해리 포터와 죽음의 성물 1부〉와 〈해리 포터와 죽음의 성물 2부〉에서 볼드모트 편에서 싸운다.

그림 1. (위) 〈해리 포터와 아즈카반의 죄수〉에 등장한 디멘터의 해골 같은 모습이 후드 달린 낡은 망토 안에서 사라진다. 롭 블리스 아트워크.
그림 2. (맞은편) 〈해리 포터와 아즈카반의 죄수〉에서 해리는 퀴디치 경기 중에 디멘터와 마주친다. 롭 블리스 콘셉트 스케치.

그림 1, 2, 〈해리 포터와 아즈카반의 죄수〉에 등장한 디멘터 습작,
롭 블리스 작품.
그림 3. 〈해리 포터와 아즈카반의 죄수〉에서 호그와트 성 위를
떠도는 디멘터들, 앤드루 윌리엄슨 아트워크.
그림 4. 후드를 쓴 디멘터들, 올가 두기나와 안드레이 두긴 구상화.

그림 1

그림 2

"디멘터는 이 세상에 존재하는
가장 끔찍한 생명체 가운데 하나야.
그들은 좋은 기분, 행복한 기억은 모두 잡아먹고,
가장 나쁜 경험들만 또렷하게 남겨놓지."

—리무스 루핀
〈해리 포터와 아즈카반의 죄수〉

그림 3

그림 4

디멘터들은 감지할 수 없는, 유령처럼 실체가 없는 생명체다. 〈해리 포터와 아즈카반의 죄수〉의 비주얼 개발 작업 팀은 디멘터를 모습이 분명하게 드러나지 않는 해골 같은 형태로 디자인했고, 이들이 공중에서 미끄러지듯이 움직이거나 떠돌 때는 몇 가지 해부학적인 틀을 적용했다. 검은색 망토는 머리에서부터 드리워지도록 씌워서 장막 같은 효과를 주었다. 특수 캐릭터 디자이너들은 의상 팀과 긴밀하게 협조했고, 여러 종류의 섬유들로 떠다니는 효과를 실험했다. 디멘터들이 등장하는 장면은 대체로 어두웠기 때문에, 디멘터가 완전히 검은색이면 배경에 흡수될 위험이 높았다. 그래서 디자이너들은 디멘터에 진회색과 검은 계열 색상을 혼합해서 썼다. 디자이너들은 디멘터를 표현할 때 수의가 썩어 너덜거리는 미라의 모습을 참고했고, 천을 여러 겹으로 겹쳐서 층층이 썩은 느낌을 표현했다.

디멘터는 말을 하지 않는다. 이들에게 필요한 것은 희생자에게서 행복을 빨아들이기 위해 열리는 입 구멍뿐이다. 따라서 이들의 오싹하고 위협적인 특징을 표현하는 열쇠는 움직임이었다. 처음에 제작진은 실사 특수 효과로 디멘터를 만들고자 했다. 이들은 천을 씌운 디멘터 모형으로 다양한 바람과 조명 효과를 시험해보고, 필름을 뒤로 돌려보거나 천천히 돌려보았지만 결과는 만족스럽지 않았다. 다음에는 인형 조종사와 함께 물속에서 촬영을 진행했다. 느리면서도 강력한 움직임을 표현하기 위해서였다. 이 실험은 제작진이 원하는 효과를 냈지만, 똑같은 동작을 반복하기가 어려웠다. 결국 디멘터는 컴퓨터 작업으로 만들게 되었다. 그러나 수중 실험 장면은 중요한 참고가 되어서, 디지털 작업 팀은 디멘터들이 중력에 현실적으로 반응하면서도 비밀스럽고 섬뜩하게 움직이도록 만들었다.

그림 1

그림 1. 〈해리 포터와 아즈카반의 죄수〉에서 기억을 환기시키는 디멘터. 롭 블리스 아트워크.

그림 2. 롭 블리스 연필 스케치.

그림 3, 4. 디멘터의 질감과 색조를 상세하게 탐구한 롭 블리스 콘셉트 아트.

그림 5. 〈해리 포터와 아즈카반의 죄수〉에서 해리 포터(대니얼 래드클리프)가 패트로누스 마법으로 디멘터를 물리치고 시리우스 블랙(개리 올드먼)을 지키는 장면.

그림 6. 퀴디치 경기의 그림자 전경. 롭 블리스 묘사.

그림 2

간략한 사실

디멘터

1. 영화 속 첫 등장: 〈해리 포터와 아즈카반의 죄수〉

2. 재등장: 〈해리 포터와 불사조 기사단〉

〈해리 포터와 죽음의 성물 1부〉〈해리 포터와 죽음의 성물 2부〉

3. 기술 노트: 의상 팀은 새 날개를

디멘터 망토 제작의 기초로 삼았다.

4. 등장 장소: 호그와트 급행열차, 호그와트 성, 프리벳가 인근 지하도, 마법부

5. 《해리 포터와 아즈카반의 죄수》 5장 설명:

"망토에서는 손이 하나 튀어나와 있었다.

번들거리는 잿빛에 끈적끈적하게만 보이는 딱지투성이 손은

꼭 물속에서 썩어가던 죽은 존재처럼 보였다."

그림 3

그림 4

그림 5

그림 6

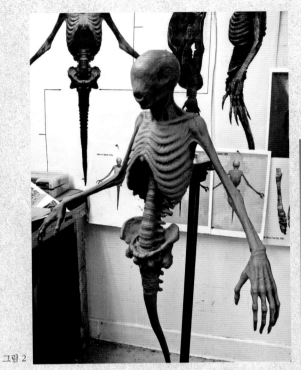

그림 2

그림 3

"디멘터는 잔인한 생명체들이야. 자신들이 잡아야 할 사람과
그 길에 방해가 되는 사람을 구분하지 않지……
디멘터는 용서를 모르는 존재란다."

―알버스 덤블도어
〈해리 포터와 아즈카반의 죄수〉

그림 4

　〈해리 포터와 불사조 기사단〉 촬영에 앞서 디멘터들은 다시 제작되
었다. 제작진이 디멘터가 더 많이 나오기를 원했기 때문이다. 이 영화에
서 디멘터들은 후드를 벗고 망토를 젖혀서 해골과 가슴을 드러냈다. 지
하도에서 해리를 공격할 때 벽에 대고 밀려면 튼튼한 팔과 정교한 손도
필요했다. 처음에 디자이너들은 망토의 넝마 같은 부분이 문어 다리처
럼 움직이도록 개조하려고 했지만, 팔이 너무 많으면 효과가 떨어진다
고 판단해서 결국 인간처럼 두 개의 부속물을 만들었다.

그림 1. (왼쪽) 〈해리 포터와 아즈카반의 죄수〉에 쓰인 롭 블리스 비주얼 개발 작업.
색채와 질감에 대한 아이디어는 특수 제작소에서 제공했다.
그림 2-4. 〈해리 포터와 아즈카반의 죄수〉에 쓰인 디멘터 구조물들은 의상 팀과 특수
제작소가 공동 작업으로 만들었다.

인페리우스

인페리우스는 〈해리 포터〉 시리즈에만 등장하는 특수한 형태의 생명체다. 인페리우스는 어둠의 마법사의 마법에 걸려 죽음에서 깨어난 시체들을 가리킨다. 〈해리 포터와 혼혈 왕자〉에서 해리 포터와 알버스 덤블도어는 바다 동굴로 들어가야만 한다. 그들이 호크룩스라고 믿는 슬리데린 로켓을 되찾아오기 위해서다. 두 사람은 임무를 완수하지만, 볼드모트 경은 마법을 걸어 회색의 해골 같은 인페리우스 무리를 되살려낸다. 이 무리는 호수에서 몰려나오고 두 사람의 길을 가로막는다. 해리와 덤블도어가 인페리우스 무리를 물리치고 빠져나오려면 불이 필요하다.

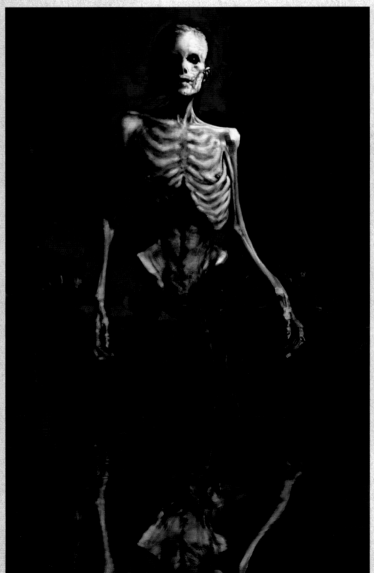

그림 2

그림 3

그림 1. 〈해리 포터와 혼혈 왕자〉에 등장한 인페리우스. 롭 블리스 콘셉트 아트.
그림 2, 3. 동굴의 수정 섬에 침입하는 인페리우스 무리. 디지털 합성.
그림 4. (옆쪽) 해리는 인페리우스 무리를 막고 덤블도어를 지키려 한다. 애덤 브록뱅크 아트워크.

그림 1

그림 1

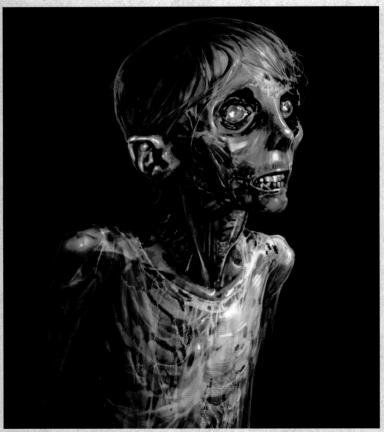

그림 2

그림 3

〈해리 포터와 혼혈 왕자〉에 등장한 인페리우스 무리는 기괴하고 섬뜩하다. 이들에게 주어진 유일한 과제는 아무도 동굴 밖으로 나가지 못하게 막는 것이다. 이 '죽지 않은' 존재들은 어둠의 세력에 조종되는, 진정한 볼드모트의 희생자들이다. 해리 포터 영화 제작진은 이 생명체들이 무시무시한 겉모습에도 불구하고 관객들에게 연민을 이끌어내기를 바랐다. 비주얼 개발 연구는 뒤틀리고 괴물 같은 모습을 담은 중세의 목판화를 비롯해 단테의 《지옥》이나 《실낙원》 같은 고전 작품을 연구했고, 아티스트들은 물에 빠져 죽은 사람들의 피부 색깔과 결을 알기 위해 익사자들의 사진까지 관찰했다.

인페리우스 무리는 온전히 컴퓨터로 만들어진 생명체였기 때문에, 사이버스캔할 남자와 여자의 실물 크기 모형을 제작하긴 했지만, 실제로 색은 칠하지 않았다. 제작진은 컴퓨터로 회색과 검은색을 덧칠하고, 한때 살이 있었다는 것을 보여주는 질감을 입힌 다음, 디지털 해골을 결합해서 움직임을 실험했다.

또 하나의 중요한 원칙은 인페리우스를 좀비로 만드는 실수를 피하는 것이었다. 인페리우스들이 호수에서 나와 해리를 붙잡는 장면은 남녀 배우들의 모션 캡처로 촬영했다. 실제 사람과 비슷하게 행동하도록 만들기 위해서였다. 이 디지털 인페리우스들(그중에는 아이도 두 명 있었다)은 대니얼 래드클리프(해리 포터)가 물속에 끌려 들어가 여자 인페리우스에게 안기는 실제 필름 촬영 장면과 합성했다. 실제 촬영은 물탱크 속에서 이루어졌는데, 대니얼의 머리와 옷이 자연스럽게 뜨도록 만들기 위해서였다.

이 장면에서 특히 힘들었던 효과 중 하나는 해리와 덤블도어의 탈출에 꼭 필요한 불을 만드는 것이었다. 조명도 중요한 고려사항이었다. 디지털 작업 팀은 불뿐만 아니라 많은 수의 인페리우스들을 함께 다룰 수 있는 소프트웨어를 개발해서 두 가지가 자연스럽게 결합되도록 했다. 인페리우스들을 비추던 불빛은 이들 주변을 둘러싸는 화염으로 변했고, 결국 이들을 파괴했다. 불은 맹렬하고 폭발적인 모습으로 디자인되었다.

그림 1. 〈해리 포터와 혼혈 왕자〉에서 호수에서 기어 나오는 인페리우스들. 애덤 브록뱅크 아트워크.
그림 2-5. 인페리우스 캐릭터들 습작. 애덤 브록뱅크 작품.

그림 4

그림 5

그림 1. (위) 〈해리 포터와 혼혈 왕자〉에서 해리 포터가 인페리우스 무리 한가운데에 사로잡혔다. 롭 블리스 묘사.

그림 2

그림 3

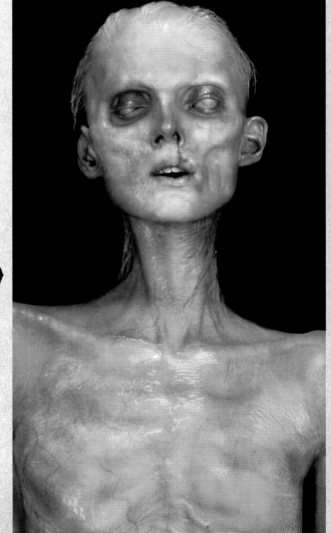

그림 4

간략한 사실

인페리우스

1. **영화 속 등장:** 〈해리 포터와 혼혈 왕자〉

2. **등장 장소:** 바다 동굴

3. **기술 노트:** 물 위와 물속의 마지막 장면에는 수천에 이르는
인페리우스 무리가 어지럽게 뒤엉켜 있다.

4. **《해리 포터와 혼혈 왕자》 26장 설명:**

"해리의 눈길이 닿는 곳마다 흰색 머리와 손이 어두운 물속에서 튀어나오고
있었다. 푹 꺼진 눈에 초점조차 없는 남자와 여자, 아이 들이 바위를 향해
다가오는 중이었다. 검은 물속에서 일어나는 죽은 자들의 군대였다."

그림 2-4. 인페리우스 콘셉트들, 롭 블리스 작품.

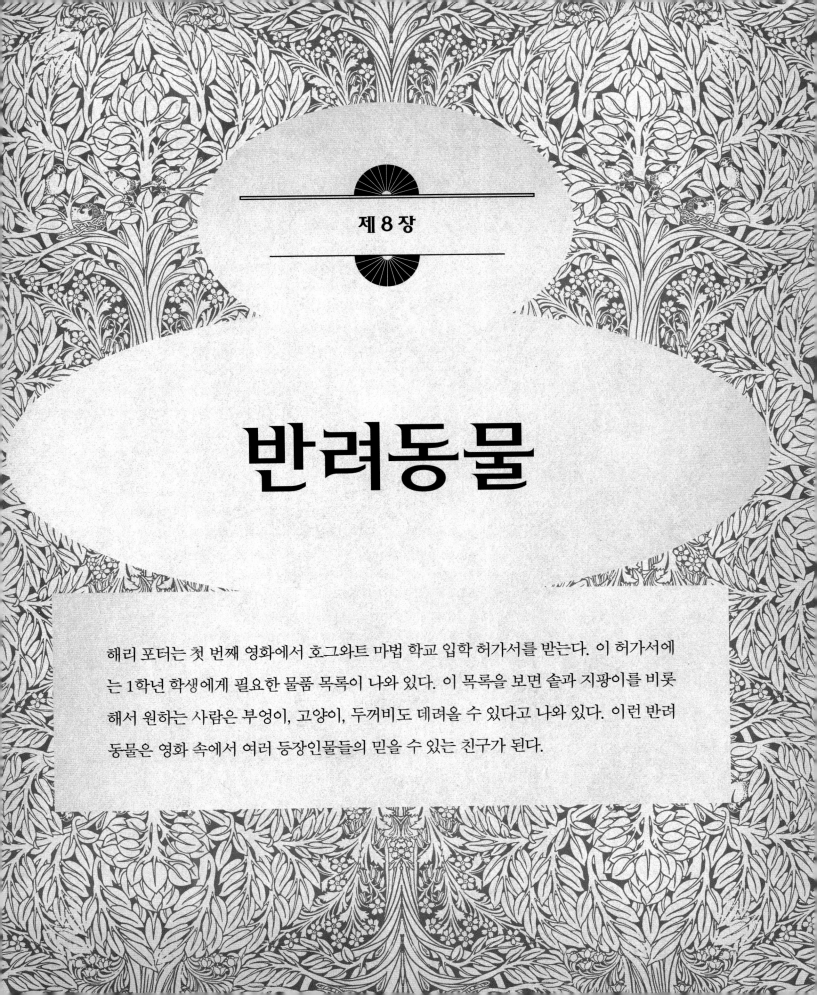

제 8 장

반려동물

해리 포터는 첫 번째 영화에서 호그와트 마법 학교 입학 허가서를 받는다. 이 허가서에는 1학년 학생에게 필요한 물품 목록이 나와 있다. 이 목록을 보면 솥과 지팡이를 비롯해서 원하는 사람은 부엉이, 고양이, 두꺼비도 데려올 수 있다고 나와 있다. 이런 반려동물은 영화 속에서 여러 등장인물들의 믿을 수 있는 친구가 된다.

헤드위그

헤드위그는 〈해리 포터와 마법사의 돌〉에 처음으로 등장한 흰올빼미로, 해리 포터의 열한 번째 생일날 해그리드가 해리에게 선물한 것이다. 헤드위그는 종종 해리에게 소식을 전해준다. 〈해리 포터와 불의 잔〉에서 시리우스 블랙에게 연락하는 경우처럼, 헤드위그는 주소가 분명하지 않을 때도 사람을 찾아갈 수 있는 능력을 지녔다.

그림 1

〈해리 포터〉 시리즈가 이어지는 동안, 수컷 흰올빼미 여러 마리가 헤드위그 역할을 했다. 가장 중요한 역할을 한 흰올빼미는 기즈모였다. 그 외에 다른 부엉이들로는 캐스퍼, 우크, 스웁스, 오오, 엘모, 밴딧 등이 있었다. 암컷 부엉이는 수컷 부엉이보다 크고 무늬가 진해서, 대니얼 래드클리프(해리 포터)가 함께 연기하기에는 가벼운 수컷 쪽이 더 수월했다. 래드클리프가 기즈모를 팔에 앉힐 때는 매사냥꾼들처럼 팔에 두꺼운 가죽 보호대를 둘렀다. 촬영을 위해 조명을 설치하거나 날아다니는 장면을 찍을 때는 기즈모의 대역을 쓰기도 했다.

헤드위그의 역할이 가장 중요했던 장면 중 하나는 〈해리 포터와 마법사의 돌〉에서 맥고나걸 교수가 그리핀도르의 새로운 수색꾼이 된 해리에게 님부스 2000을 주는 신이었다. 기즈모에게 이 장면에 필요한 동작을 훈련시키는 데 6개월이 걸렸다. 기즈모가 날라 온 빗자루는 부엉이들의 일반적인 사냥감보다 가벼운 플라스틱 관으로 만든 것이었다. 다른 부엉이 배달원의 배달물들처럼 빗자루는 임시 부착 장치로 기즈모의 발톱에 매달았다가 조련사가 기계장치를 조종해서 해리(대니얼 래드클리프)가 받을 수 있는 정확한 위치에 떨어뜨렸다.

앞쪽: 호그와트에서 반려동물 헤드위그와 함께 있는 해리 포터. 〈해리 포터와 마법사의 돌〉에 사용된 더멋 파워 구상화.
그림 1. 〈해리 포터와 불의 잔〉에 등장한 해리(대니얼 래드클리프)와 헤드위그(기즈모).
그림 2. 해리(대니얼 래드클리프)와 헤드위그(기즈모). 래드클리프의 소매 안쪽에 가죽 보호대가 있다.
그림 3. 하늘을 나는 헤드위그(기즈모)의 홍보용 사진.
그림 4. 헤드위그(기즈모)와 조련사.
그림 5. 〈해리 포터와 혼혈 왕자〉에서 헤드위그(기즈모)가 그리핀도르 휴게실에 조용히 앉아 있다.

그림 2

그림 3

간략한 사실

헤드위그

✳

1. 영화 속 첫 등장: 〈해리 포터와 마법사의 돌〉

2. 재등장: 〈해리 포터와 비밀의 방〉 〈해리 포터와 아즈카반의 죄수〉
〈해리 포터와 불의 잔〉 〈해리 포터와 불사조 기사단〉
〈해리 포터와 혼혈 왕자〉 〈해리 포터와 죽음의 성물 1부〉

3. 등장 장소: 프리벳가 4번지, 호그와트, 부엉이장,
다이애건 앨리, 버로우, 리키 콜드런

4. 주인: 해리 포터

5. 동물 배우: 기즈모, 캐스퍼, 우크, 스웁스, 오오, 엘모, 밴딧……

6. 《해리 포터와 마법사의 돌》 6장 설명: "이제 해리는 눈처럼 새하얗고
아름다운 부엉이가 들어 있는 커다란 새장을 들고 있었다……"

그림 5

그림 4

"포터 군, 굉장히 영리한 새를 가졌더구나.
녀석은 네가 도착하기 5분 전쯤 여기 왔단다."

— 리키 콜드런 여관 주인 톰
〈해리 포터와 아즈카반의 죄수〉

에롤

에롤은 위즐리 집안의 부엉이로 그리 아름다운 새는 아니다. 해리 포터는 〈해리 포터와 비밀의 방〉의 버로우에서 처음 이 부엉이를 만나는데, 에롤은 그때 창문에 쾅 부딪힌다. 에롤은 론 위즐리에게 호울러를 배달하려고 호그와트의 연회장으로 날아왔다가 감자 칩 그릇을 뒤엎기도 한다. 에롤은 나이가 많아서 조금 느렸고, 제작진은 헤드위그와 대조되는 에롤의 우스꽝스러운 모습을 재미있어했다.

그림 1

그림 2

"늦어서 미안.
내 석방 명령서를 배달하는 부엉이가
길을 잃고 헤맸지 뭐야.
에롤이라는 한심한 새야."
—루베우스 해그리드
〈해리 포터와 비밀의 방〉

에롤은 북방올빼미 제우스가 연기했다. 북방올빼미는 세계에서 가장 큰 부엉이 종 중 하나다. 제우스는 〈해리 포터와 비밀의 방〉에서 딱 한 장면을 제외한 모든 장면의 실제 연기를 훈련받았다. 입에 편지를 물고 날기도 했고, 앉았다가 일어나는 것도 배웠다. 하지만 부엉이는 뼈 속이 비었기 때문에 단단한 것을 깨고 들어갈 수는 없다. 그래서 제우스는 버로우의 부엌 창문 안으로 우아하게 날아드는 모습을 찍었고, 이어서 싱크대에서 '일어나는' 모습을 찍었다. 이 장면을 디지털과 결합해서 창문에 부딪히는 에롤의 모습을 만들었다.

간략한 사실

에 롤

1. **영화 속 등장:** 〈해리 포터와 비밀의 방〉
2. **등장 장소:** 버로우, 호그와트
3. **주인:** 위즐리 가족
4. **동물 배우:** 제우스
5. **《해리 포터와 비밀의 방》 3장 설명:**
"우리 부엉이야. 엄청 늙었어. 배달하다가 쓰러진 것도
지금이 처음은 아닐걸." — 론 위즐리

그림 1. 동물 조련사 개리 제로와 〈해리 포터와 비밀의 방〉에서 위즐리 집안의 어설픈 부엉이 에롤을 연기한 제우스.
그림 2. 특수 제작소에서 만든 애니매트로닉 버전의 에롤.
그림 3. 〈해리 포터와 비밀의 방〉에서 퍼시 위즐리가 늙고 볼품없는 부엉이 에롤이 버로우에 들어오도록 돕는 장면.

그림 3

피그위존

《해리 포터와 불의 잔》에서 론의 가족은 론에게 스캐버스를 대신해줄 아주 조그만 부엉이 피그위존을 선물한다. 피그위존은 영화 〈해리 포터와 불의 잔〉의 홍보 사진에도 등장하고, 영화 〈해리 포터와 불사조 기사단〉에서 9와 4분의 3 승강장 장면도 촬영했지만, 이 장면은 최종적으로 삭제되었다. 그래서 피그위존의 영화 데뷔는 〈해리 포터와 혼혈 왕자〉에서 이루어졌다. 피그위존의 첫 등장은 〈해리 포터와 혼혈 왕자〉에서 그리핀도르 휴게실 의자에 앉아 있는 모습이다. 피그위존은 부엉이 중에서도 가장 작은 종에 속하는 소쩍새 마스가 연기했다.

그림 1. (위) 마스(피그위존)의 홍보용 사진.
그림 2. 〈해리 포터와 불의 잔〉의 홍보용 사진에서 루퍼트 그린트(론 위즐리)가 마스를 데리고 있다. 하지만 마스는 이 영화에 나오지 않았다.
그림 3. 〈해리 포터와 불의 잔〉에서 편집된 장면으로 론의 침대 옆에 있는 피그위존(마스). 마스의 영화 데뷔는 〈해리 포터와 혼혈 왕자〉에서 이루어졌다.

그림 2

피그위존

1. 영화 속 등장: 〈해리 포터와 혼혈 왕자〉

2. 등장 장소: 호그와트의 그리핀도르 휴게실

3. 주인: 론 위즐리

4. 동물 배우: 마스

5. 《해리 포터와 불의 잔》 3장 설명:

"'아야!' 깃털로 감싸인, 작은 회색 테니스공처럼 보이는 뭔가가 옆머리에 부딪치자 해리가 외쳤다."

그림 3

스캐버스

스캐버스는 론 위즐리가 형 퍼시에게서 물려받은 애완 쥐다. 〈해리 포터와 마법사의 돌〉에서 론은 1학년 때 호그와트에 스캐버스를 데려온다. 이 쥐는 론의 부러진 지팡이 때문에 〈해리 포터와 비밀의 방〉의 변신술 수업 때 잠시 물잔으로 변하기도 한다. 〈해리 포터와 아즈카반의 죄수〉에서는 스캐버스가 피터 페티그루의 애니마구스 형태라는 사실이 드러나고, 스캐버스는 호그와트에서 달아난다. 그렇게 론은 애완 쥐를 잃는다.

영화 시리즈가 이어지는 동안, 스캐버스의 다양한 인생사는 살아 있는 쥐 열두 마리와 여러 애니매트로닉 쥐가 연기했다. 가장 많은 부분을 연기한 덱스를 비롯해서 다른 모든 동물 쥐 배우들은 신호를 받으면 달려가서 특정 지점에 앉는 훈련을 받았다. 쥐는 굉장히 영리한 동물이어서 손쉽게 훈련시킬 수 있었다. 〈해리 포터와 마법사의 돌〉에서 스캐버스가 펼친 가장 중요한 연기는 사탕 통에 머리가 걸렸다가 론이 마법을 쓰려는 순간 억지로 빠져나온 것이다. 대부분의 장면에는 애니매트로닉 쥐가 사용됐지만 마지막 장면, 그러니까 사탕 통에서 '빠져나와' 론(루퍼트 그린트)의 무릎에 앉는 장면은 덱스가 연기했다. 조련사는 와이어로 사탕 통을 덱스의 머리 위에 매달았다가 신호에 맞춰 부드럽게 잡아당겼다.

덱스와 크래커잭(크룩생크 역의 고양이)은 〈해리 포터와 아즈카반의 죄수〉의 첫 장면에서 복도를 달려간다. 두 동물에게 이 장면을 훈련시키는 데 넉 달가량이 걸렸다. 두 동물은 서로에게 익숙해 있어서 같은 방향으로 달리는 훈련만 시키면 되었다. 훈련 방법 중에는 부드러운 망사로 만든 평행한 이중 통로 끝에 먹이를 놓고 한 방향으로 나란히 달리도록 하는 것도 있었다. 이 장면을 찍을 때 유일한 어려움은 덱스가 자꾸만 크래커잭에게 따라잡히는 것이었다. 덱스는 크래커잭에게 너무 익숙해져서 다른 쥐들처럼 고양이를 피해 달아나려고 하지 않았다.

"햇빛이여, 데이지여, 버터 멜로여,
   이 멍청하고 살진 쥐를 노랗게 바꾸어라."
—**론 위즐리**
〈해리 포터와 마법사의 돌〉

그림 1

그림 2

"이 녀석은 스캐버스야. 그런데 좀 불쌍하지?"

—**론 위즐리**

〈해리 포터와 마법사의 돌〉

그림 3   그림 4

간략한 사실

스캐버스

✳

1. 영화 속 첫 등장: 〈해리 포터와 마법사의 돌〉

2. 재등장: 〈해리 포터와 비밀의 방〉 〈해리 포터와 아즈카반의 죄수〉

3. 주인: 론 위즐리

4. 동물 배우: 덱스

5. 《해리 포터와 마법사의 돌》 6장 설명:

"론은 재킷 안으로 손을 넣어 뚱뚱한 회색 쥐를 꺼냈다.
쥐는 잠들어 있었다."

그림 5

그림 1, 2. 덱스는 스캐버스와 웜테일의 두 가지 배역을 연기했다. 그림 3. 〈해리 포터와 아즈카반의 죄수〉에서 헤르미온느 그레인저(에마 왓슨)와
해리 포터(대니얼 래드클리프), 그리고 스캐버스(덱스)를 들고 있는 론 위즐리(루퍼트 그린트). 그림 4. 〈해리 포터와 마법사의 돌〉에서 스캐버스
(덱스)가 론의 무릎에서 사탕을 찾는 모습을 해리가 보고 있다. 그림 5. 루퍼트 그린트(론 위즐리)와 덱스(스캐버스)의 〈해리 포터와 마법사의 돌〉
홍보용 사진.

크룩섕크

영화 〈해리 포터와 아즈카반의 죄수〉에서 호그와트 3학년이 된 헤르미온느 그레인저는 커다란 황갈색 고양이 크룩섕크를 얻는다. 이 영화에서 크룩섕크는 리키 콜드런의 복도에서 론의 생쥐 스캐버스를 따라 쏜살같이 내달리는 한 줄기 오렌지색으로 첫선을 보인다. 〈해리 포터와 불사조 기사단〉에서 프레드와 조지가 그리몰드 광장 12번지에서 계단 아래로 늘어나는 귀를 내렸을 때는 장난기 가득한 모습을 보이기도 한다.

크룩섕크를 가장 많이 연기한 건 크래커잭이다. 붉은 털의 페르시아 고양이 크래커잭은 〈해리 포터와 아즈카반의 죄수〉가 데뷔작이다. 크룩섕크의 헝클어진 털은 '털 연장술'이라고 불릴 만한 기술로 만든 것이었다. 조련사들은 크래커잭의 털을 정리할 때마다 잘 빗긴 속털을 작게 뭉쳐서 준비해두었다가 고양이 털 속에 끼워 넣었다. 눈물을 흘리는 모습은 투명한 젤리 같은 물질을 떨어뜨려 눈에서 흘러내리는 것처럼 연출했고, 무해한 갈색 '아이섀도'를 눈과 입 주변에 발라 이 침착한 고양이에게 성난 표정을 만들어주었다.

크래커잭은 신호를 받으면 표시된 곳에 멈추는 법을 알았고, 〈해리 포터와 불사조 기사단〉에서는 늘어나는 귀 장면에 필요한 연기를 선보였다. 크룩섕크는 귀를 때리고, 그것과 씨름하다가, 마침내 그것을 떼어가서 위즐리 형제와 친구들을 낙심시킨다. 조련사들은 석 달 동안 많은 시간을 들여 프린스와 펌킨을 포함한 고양이들에게 귀와 장난을 치고 그것을 물고 가다가 카메라가 닿지 않는 곳에 위치한 그릇에 떨구는 법을 가르쳤다. 그곳에는 맛있는 고양이용 간식이 기다리고 있었다.

그림 1. (위) 크래커잭(크룩섕크)의 〈해리 포터와 아즈카반의 죄수〉 홍보용 사진.

"고양이! 게네가 너한테 말한 게 저거야?
내가 보기엔 그냥 털 달린 돼지 같은데."

―론 위즐리
〈해리 포터와 아즈카반의 죄수〉

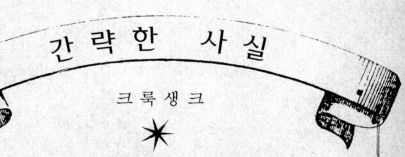

간략한 사실

크룩섕크

✳

1. 영화 속 첫 등장: 〈해리 포터와 아즈카반의 죄수〉
2. 재등장: 〈해리 포터와 불의 잔〉
〈해리 포터와 불사조 기사단〉 〈해리 포터와 혼혈 왕자〉
3. 주인: 헤르미온느 그레인저
4. 동물 배우: 크래커잭, 프린스, 펌킨
5. 《해리 포터와 아즈카반의 죄수》 4장 설명:
"고양이는 풍성하고 북슬북슬한 연갈색 털을 가지고 있었다. 하지만
약간 안짱다리인 게 분명했고, 심술궂은 표정에, 얼굴은 꼭 벽돌담으로
달려가 그대로 처박힌 것처럼 이상하게 찌부러진 모습이었다."

노리스 부인

노리스 부인은 호그와트 관리인 아거스 필치의 반려동물이다. 노리스 부인은 복도를 순찰하는 업무를 지원해서 나쁜 짓하는 학생을 귀신같이 찾아내고, 그녀에게 도움을 받는 필치와는 거의 초자연적인 교감을 나눈다. 노리스 부인과 필치의 각별한 애정은 〈해리 포터와 마법사의 돌〉에 이 고양이가 처음 등장할 때부터 분명히 드러난다. 〈해리 포터와 불의 잔〉의 크리스마스 파티 장면에서 필치는 노리스 부인과 함께 춤을 춘다.

여덟 편의 〈해리 포터〉 영화에서 노리스 부인의 역할은 맥시머스(맥스), 앨러니스, 토미라는 이름의 메인쿤 고양이 세 마리가 연기했으며, 때때로 애니매트로닉 고양이를 이용했다. 아거스 필치 역을 맡은 배우 데이비드 브래들리에 따르면, 고양이들은 각자 한 가지씩 장기를 가지고 있었다. 맥스는 그에게 달려오거나 그와 함께 달리는 일을 잘하고, 〈해리 포터와 불사조 기사단〉에 나오는 것처럼 신호를 주면 그의 어깨 위로 펄쩍 뛰어오른다. 앨러니스는 촬영 중에 브래들리의 품 안에서 너무 편안하게 쉬다가 몇 번은 아예 잠들어버리기도 했다. 그러다가도 열혈 애묘인 브래들리가 머리를 가볍게 문질러주면, 바로 깨어나서 자신의 연기를 했다. 호그와트의 돌바닥은 차가울 때가 많았기 때문에, 제작진은 맥고나걸 교수의 애니마구스와 헤르미온느의 고양이 크룩생크를 포함한 모든 고양이들이 몸과 발을 보온할 수 있도록 따뜻한 바닥을 마련해주었다.

〈해리 포터와 비밀의 방〉에서 겁에 질린 노리스 부인은 거의 움직이지 않는데, 사실 이건 애니매트로닉 고양이였다. 책에는 노리스 부인의 눈이 노란 등불 같다고 묘사되지만, 제작진은 초기 몇 편의 영화에서 후반 디지털 작업으로 노리스 부인의 눈을 붉게 만들었다. 삐죽삐죽한 털은 본래의 풍성한 털 위에 같은 색의 가짜 털을 덧씌우고 무독성 젤을 이용해 거친 느낌을 준 것이다.

"여기 누가 있나? 내 사랑?"

—아거스 필치
〈해리 포터와 마법사의 돌〉

그림 2. 〈해리 포터와 비밀의 방〉에서 아거스 필치(데이비드 브래들리)와 항상 그의 곁에 있는 노리스 부인이 론 위즐리(루퍼트 그린트)와 해리 포터(대니얼 래드클리프)와 마주친다.
그림 3. (위) 〈해리 포터와 불의 잔〉에서 필치(데이비드 브래들리)는 노리스 부인과 크리스마스 파티에 간다.

간략한 사실

노리스 부인

✳

1. **영화 속 첫 등장:** 〈해리 포터와 마법사의 돌〉
2. **재등장:** 〈해리 포터와 비밀의 방〉 〈해리 포터와 아즈카반의 죄수〉
〈해리 포터와 불의 잔〉 〈해리 포터와 불사조 기사단〉
〈해리 포터와 혼혈 왕자〉 〈해리 포터와 죽음의 성물 2부〉
3. **등장 장소:** 호그와트 성
4. **주인:** 아거스 필치
5. **동물 배우:** 맥시머스, 앨러니스, 토미
6. **《해리 포터와 마법사의 돌》 8장 설명:** "필치한테는 노리스 부인이라는 고양이가 한 마리 있었어. 필치랑 꼭 닮아서 눈은 화등잔처럼 툭 튀어나오고 뼈만 앙상하게 남은 엷은 갈색 고양이였지."

그림 2

팽

당연한 이야기지만, 〈해리 포터〉 영화에서 거인 혼혈 루베우스 해그리드의 반려동물인 팽은 대부분의 다른 품종 개들보다 두드러지게 크다. 그러나 〈해리 포터와 마법사의 돌〉에 나온 것처럼, 팽은 덩치만 클 뿐 그리 용감하지는 않다. 이런 특징을 표현하기 위해서, 팽은 네오폴리탄 마스티프 종의 개들이 연기했다. 네오폴리탄 마스티프는 머리가 크고 덩치도 큰 걸로 유명하지만 아주 온순하다.

〈해리 포터와 마법사의 돌〉에서 〈해리 포터와 아즈카반의 죄수〉까지 팽은 휴고라는 이름의 마스티프 개가 연기했다. 〈해리 포터와 불의 잔〉과 〈해리 포터와 불사조 기사단〉에서는 멍키가, 〈해리 포터와 혼혈 왕자〉에서는 우노가 그 역할을 이어받았다. 또 벨라, 비토, 벌리가 그 역할을 맡아서 성공적으로 스토리를 완성해냈다. 벌리는 촬영이 끝난 다음 동물 조련사 중 한 명에게 입양되었다는 기쁜 소식이 전해지기도 했다. 〈해리 포터와 비밀의 방〉에서 자동차 포드 앵글리아가 금지된 숲 밖으로 달려나갈 때는 팽의 애니매트로닉을 사용했는데, 애니매트로닉 팽은 무선 조종으로 움직이고 침까지 흘렸다. 〈해리 포터와 불사조 기사단〉에는 멍키가 스테이크 한 조각을 받아 씹는 장면이 있었다. 조련사들은 아무리 여러 번 촬영해도 배우가 좋아할 거라며 농담했지만, 이 장면의 재촬영 횟수를 제한했다. 조련사들은 카메라 밖에 서서 개들에게 앉아, 가만있어, 짖어, 이리 와 같은 명령을 내렸지만, 네오폴리탄 마스티프에게 침을 흘리지 않게 하는 법은 어떤 조련사도 가르치지 못했다.

그림 1

그림 2

그림 3

그림 4

간략한 사실

팽

✳

"그냥, 겁이 엄청 많은 것뿐이야."

—루베우스 해그리드

〈해리 포터와 마법사의 돌〉

1. **영화 속 첫 등장:** 〈해리 포터와 마법사의 돌〉

2. **재등장:** 〈해리 포터와 비밀의 방〉 〈해리 포터와 아즈카반의 죄수〉

〈해리 포터와 불사조 기사단〉 〈해리 포터와 혼혈 왕자〉

3. **등장 장소:** 해그리드의 오두막, 금지된 숲

4. **주인:** 해그리드

5. **동물 배우:** 휴고, 멍키, 우노, 비토, 벨라, 벌리

6. **《해리 포터와 마법사의 돌》 8장 설명:**

"해그리드는 집채만 한 검은색 사냥개의 목줄을 놓치지
않으려고 용을 쓰면서 그들을 들여보내 주었다."

그림 1. 〈해리 포터와 마법사의 돌〉에 등장한 해리, 론, 팽.
그림 2. 〈해리 포터와 마법사의 돌〉에서 팽을 연기한 네오폴리탄
마스티프 개들 중 휴고의 홍보용 사진.
그림 3. 팽이 다른 동물 배우들과 함께 찍은 홍보용 사진.
그림 4. 해그리드와 팽의 홍보용 사진.

트레버

〈해리 포터와 마법사의 돌〉에서 네빌 롱바텀은 1학년 때 호그와트에 두꺼비를 데려오지만 금방 잃어버린다.

〈해리 포터〉 시리즈에서 네빌의 반려동물 트레버는 모두 네 마리의 두꺼비가 연기했다. 두꺼비들은 보온 장치가 된, 이끼 깔린 테라리엄에 보관되었다. 트레버가 등장해야 할 때면, 조련사가 두꺼비를 매슈 루이스(네빌 롱바텀)의 손이나 방 바닥, 의자 팔걸이 등에 놓았고, 촬영이 끝나면 곧바로 다시 테라리엄에 넣었다.

"누구 두꺼비 본 사람 없어?
네빌이라는 아이가
두꺼비를 잃어버렸어."

—헤르미온느 그레인저
〈해리 포터와 마법사의 돌〉

그림 1. (위) 매슈 루이스(네빌 롱바텀)와 트레버를 연기한 두꺼비 중 하나. 〈해리 포터와 아즈카반의 죄수〉의 홍보용 사진.

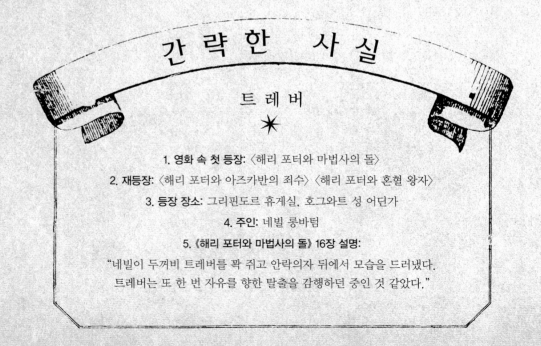

간략한 사실

트레버

✳

1. **영화 속 첫 등장:** 〈해리 포터와 마법사의 돌〉

2. **재등장:** 〈해리 포터와 아즈카반의 죄수〉 〈해리 포터와 혼혈 왕자〉

3. **등장 장소:** 그리핀도르 휴게실, 호그와트 성 어딘가

4. **주인:** 네빌 롱바텀

5. **《해리 포터와 마법사의 돌》 16장 설명:**

"네빌이 두꺼비 트레버를 꽉 쥐고 안락의자 뒤에서 모습을 드러냈다.
트레버는 또 한 번 자유를 향한 탈출을 감행하던 중인 것 같았다."

아놀드

〈해리 포터와 혼혈 왕자〉에서 지니 위즐리는 드디어 애완동물 피그미 퍼프를 얻는다. 쌍둥이 오빠의 신기한 장난감 가게에서 구입한 것이다. 이 커다란 눈의 생명체는 행복한 듯 지니의 어깨에 앉고, 지니는 호그와트 급행열차에서 딘 토머스에게 이 둥그런 분홍색 털뭉치를 보여준다. 디지털 디자이너들은 비주얼 개발 작업을 하는 동안 아놀드의 풍성한 털 속에 무엇을 넣을지 조사해볼 기회가 있었다. 하지만 결국 아놀드를 최대한 털로 채워서 묘사하기로 했다.

"정말 귀엽다."

—루나 러브굿
〈해리 포터와 혼혈 왕자〉

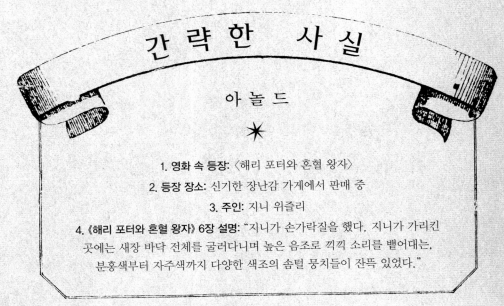

간 략 한 사 실

아 놀 드

*

1. **영화 속 등장:** 〈해리 포터와 혼혈 왕자〉
2. **등장 장소:** 신기한 장난감 가게에서 판매 중
3. **주인:** 지니 위즐리
4. **《해리 포터와 혼혈 왕자》 6장 설명:** "지니가 손가락질을 했다. 지니가 가리킨 곳에는 새장 바닥 전체를 굴러다니며 높은 음조로 끽끽 소리를 뱉어대는, 분홍색부터 자주색까지 다양한 색조의 솜털 뭉치들이 잔뜩 있었다."

그림 1. (위) 〈해리 포터와 혼혈 왕자〉에 등장한 지니 위즐리의 반려동물 피그미 퍼프 아놀드의 털이 있는 모습과 없는 모습. 롭 블리스 작품.

퍽스

불사조는 생명 주기를 무한히 거듭하면서 영생하는 강력한 마법의 새다. 불사조가 가진 능력 중에는 눈물로 치유하는 재능과 엄청나게 무거운 짐을 나를 수 있는 강력한 힘이 포함된다. 〈해리 포터와 비밀의 방〉에서 해리 포터는 퍽스를 덤블도어 방에서 처음 만난다. 노쇠해 보이는 새는 때마침 불꽃으로 타오른다. 덤블도어는 해리에게 불사조에게는 이것이 자연스러운 현상이라고 설명해주고, 두 사람은 잿더미 속에서 어린 새끼가 나오는 모습을 보며 감탄한다. 퍽스는 〈해리 포터와 비밀의 방〉에서 그리핀도르의 검이 담긴 마법의 모자를 타고 날아와서 해리를 도와준다. 또 눈물을 흘려서 해리가 바실리스크에게 입은 상처를 치료해준다. 그리고 해리, 론 위즐리, 질데로이 록허트를 태우고 비밀의 방 밖으로 날아간다.

퍽스는 생애의 세 단계를 보여준다. 기운을 잃고 불꽃 속에 사라지는 늙은 새, 잿더미에서 태어나는 새끼 새, 그리고 완전히 자라서 〈해리 포터와 비밀의 방〉의 마지막 장면에서 바실리스크를 물리치고 해리를 돕는 강력한 새의 세 가지 모습이다. 비주얼 개발 작업 팀은 퍽스의 디자인을 위해 신화 속 불사조 그림뿐 아니라 실제 새들도 조사했다. 이들은 여러 맹금류를 섞어서 퍽스의 모습을 만들었는데, 그중 흰꼬리수리와 흰머리수리 모습이 가장 두드러진다. 머리의 큰 볏은 깃털이 뒤로 젖혀져서 고귀한 분위기를 풍기고, 날카로운 부리와 발톱은 무서운 느낌을 준다. 퍽스는 성인기와 새끼 시절 모두 독수리의 미관을 강조해서 표현해서, 목을 쭉 잡아 빼고 주름들이 겹쳐지게 만들었다. 디자이너는 꿩과 다른 엽조들의 꼬리 깃털을 모아서 다양한 깃털 조합이 만드는 이중 효과들을 실험했다.

그림 1

그림 2

그림 3

그림 4

그림 1-6. 〈해리 포터와 비밀의 방〉에 등장한 불사조 픽스 습작, 애덤 브록뱅크 작품. 실제로 존재할 법한 생명체의 색깔과 볏과 날개 모양을 탐구했다.

그림 5

그림 6

그림 1

그림 2

그림 3

그림 1, 2. 〈해리 포터와 비밀의 방〉에서 픽스가 잿더미에서 어린 새의 모습으로 다시 태어나고 있다. 애덤 브록뱅크 묘사.
그림 3. 〈해리 포터와 비밀의 방〉에서 알버스 덤블도어(리처드 해리스)가 해리 포터(대니얼 래드클리프)에게 불사조의 생명 주기를 설명하는 장면.
그림 4. 덤블도어 교수는 부드럽게 입김을 불어 사랑스러운 반려동물에게서 재를 떨어낸다. 애덤 브록뱅크 묘사.
그림 5. 해리가 픽스를 처음 만난 건 불행하게도 픽스가 불타버리는 날이다.

퍽스의 색채는 황갈색에서 암적색까지 강렬한 느낌을 담아 표현해야 했다. 새들은 대부분 머리와 아랫부분 색이 더 진하기 때문에, 밑면은 금색 계열 색을 띠도록 했다. 콘셉트 아티스트 브록뱅크는 얼룩덜룩한 주황색과 금색을 섞어서 불사조의 목과 혀를 불탄 성냥 같은 색으로 만들었다. 새끼 불사조 퍽스는 색 바랜 분홍색에 퍽스가 다시 태어난 재의 회색을 섞어서 표현했다.

퍽스는 애니매트로닉과 디지털 형태 둘 다 만들었다. 애니매트로닉 퍽스는 횃대로 미끄러지듯이 움직이고, 다른 등장인물들에게 반응하고, 날개를 전체 길이만큼 쫙 펼칠 수 있었다. 또한 애니매트로닉 퍽스는 눈물을 흘려서, 바실리스크에게 물려 독에 감염된 해리 포터(대니얼 래드클리프)의 팔을 치료하기도 했다. 리처드 해리스(덤블도어)는 퍽스가 진짜 새를 훈련시킨 게 아니라는 사실을 알고는 깜짝 놀라서 특수 캐릭터 디자이너들을 크게 칭찬했다.

그림 4

그림 5

간략한 사실

퍽스

✳

1. 영화 속 첫 등장: 〈해리 포터와 비밀의 방〉

2. 재등장: 〈해리 포터와 불의 잔〉
〈해리 포터와 불사조 기사단〉 〈해리 포터와 혼혈 왕자〉

3. 등장 장소: 알버스 덤블도어의 방, 비밀의 방

4. 주인: 알버스 덤블도어

5. 《해리 포터와 비밀의 방》 17장 설명:

"어느샌가 백조 정도 크기의 진홍색 새가 나타나 있었다…… 공작새 꼬리만큼이나
길고 번쩍이는 금빛 꼬리에, 빛나는 금빛 발톱이 달린 새였다……"

그림 1

그림 1. 〈해리 포터와 비밀의 방〉의 비밀의 방에서 픽스가 바실리스크를 공격하고 있다. 애덤 브록뱅크 묘사.
그림 2. 〈해리 포터와 비밀의 방〉의 비밀의 방에서 픽스가 해리, 론, 지니 위즐리와 록허트 교수를 구출한다. 애덤 브록뱅크 묘사.
그림 3. 특수 제작소에 있는 픽스의 애니매트로닉 내부 구조물.
그림 4. 특수 제작소에서 밸 존스(왼쪽)와 조시 리(오른쪽)가 애니매트로닉 픽스를 만들고 있다.
그림 5. 픽스의 기계 날개 구조물.
그림 6. 완성된 애니매트로닉 픽스가 햇대에 올라 있다.

그림 2

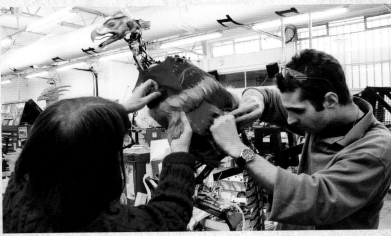

그림 4

그림 5

그림 3

"퍽스는 불사조란다, 해리.
죽을 때가 되면 불꽃으로 타올랐다가,
잿더미에서 다시 태어나지."
—알버스 덤블도어
〈해리 포터와 비밀의 방〉

〈해리 포터〉 시리즈에 등장한 대부분의 생명체들과 달리, 컴퓨터로 만들어진 퍽스는 모델을 사이버스캔하는 과정을 거치지 않았다. 디지털 디자인 팀은 비주얼 개발 아트워크로 작업했고, 진짜 새, 특히 쇠콘도르와 푸른 마코앵무를 주로 참고했다. 당시에는 디지털 깃털을 그럴듯하게 만들어내기가 어려웠고, 제대로 만들지 않으면 퍽스의 화려한 붉은색과 금색이 지저분한 주황색이 되어버렸다. 디지털 디자인 팀이 실제와 유사하게 CGI 퍽스를 만들려면 새로운 소프트웨어가 필요했다. 이들은 하나의 소프트웨어로 퍽스의 모양과 동작을 만들고, 다른 소프트웨어로 깃털을 달았다. 이것을 처음의 소프트웨어로 가져와서 조명 효과를 주고, 그런 다음 세 번째 소프트웨어에서 스크린에 맞게 변형했다. 다른 〈해리 포터〉 영화들에서 날씬해진 모습으로 등장한 '중년'의 퍽스는 모두 CGI 버전이다.

그림 6

내기니

내기니 뱀은 볼드모트 경의 반려동물이자 호크룩스다. 내기니는 〈해리 포터와 불사조 기사단〉에서 마법부에 등장해 아서 위즐리를 죽이려고 하지만 실패한다. 이 뱀은 〈해리 포터와 죽음의 성물 1부〉에서 무시무시한 고 드릭 골짜기 장면에 다시 등장하고, 해리를 죽이려고 하지만 또다시 아슬아슬하게 실패한다. 볼드모트를 없애 기 위해서는 먼저 내기니를 죽여야 한다. 〈해리 포터와 죽음의 성물 2부〉에서 네빌 롱바텀은 그리핀도르의 검 을 휘둘러서 내기니를 없애는 데 성공한다.

그림 1

그림 1. 〈해리 포터와 불의 잔〉에 등장한 볼드모트 경의 충실한 반려동물 내기니, 폴 캐틀링 작품.
그림 2. 내기니의 초기 콘셉트, 폴 캐틀링 작품.
그림 3. 〈해리 포터와 불의 잔〉에서 바르테미우스 크라우치 2세(데이비드 테넌트)가 화면에 보이지 않는 볼드모트 경에게 지시받는 모습을 내기니가 의자 너머로 바라보고 있다.

그림 2

"뱀을 죽여. 뱀을 죽이고 그자도 죽여."

—**해리 포터**
〈해리 포터와 죽음의 성물 2부〉

그림 3

〈해리 포터와 불의 잔〉에서 해리 포터가 환상으로 보는 내기니는 비단뱀과 아나콘다 종을 섞어서 만든 것으로, 길이는 대략 6미터다. 특수 제작소는 이것을 축소 모형으로 만들어서 채색한 다음 사이버스캔했고, 같은 모형을 〈해리 포터와 불사조 기사단〉에도 사용했다. 〈해리 포터와 죽음의 성물 1부〉와 〈해리 포터와 죽음의 성물 2부〉에서는 내기니의 역할이 아주 커지기 때문에 디자이너는 내기니를 훨씬 더 무시무시한 모습으로 개조했다. 디지털 팀은 살아 있는 비단뱀을 연구하기 위해 뱀을 스케치하고 촬영했을 뿐 아니라 비늘 하나하나를 고해상 이미지로 찍었다. 이 이미지들은 무지갯빛과 뱀 껍질이 반사하는 빛이 더해진 새로운 색과 질감을 만드는 데 사용되었다. 내기니의 바탕은 여전히 비단뱀이었지만, 여기에 코브라와 살무사의 움직임이 더해졌다. 생김새에도 살무사의 특징을 더해서 이마와 눈이 더 많이 움직일 수 있게 했고, 입에서는 더 날카로운 이빨이 튀어나오도록 했다.

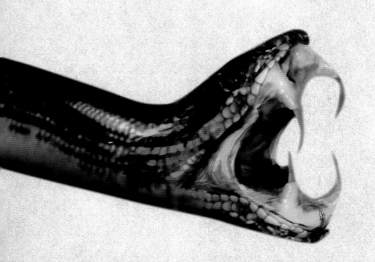

"내기니…… 저녁 식사다."

—**볼드모트 경**
〈해리 포터와 죽음의 성물 1부〉

〈해리 포터와 죽음의 성물 1부〉에서 내기니가 바틸다 백셧의 몸 밖으로 튀어나와 해리를 공격하는 장면을 만들기 위해서, 제작진은 바틸다(헤이즐 더글러스)와 해리(대니얼 래드클리프)의 디지털 버전과 실사 촬영분을 결합하는 방식을 사용했다. 내기니가 바틸다의 머리에서 나오는 장면을 CGI로 만든 다음, 이것을 헤이즐 더글러스의 실사 촬영 장면과 합성했다. 해리와 내기니의 전투 장면은 대니얼 래드클리프의 3D 디지털 모형과 래드클리프가 스태프들과 '싸우는'—스태프들은 그린스크린 장갑을 끼고 대니얼을 잡아당겼다—실사 촬영 장면을 합성한 것이다. 그런 다음 스태프를 디지털로 지우고, 마지막 장면에 뱀을 추가했다.

그림 1. (위) 〈해리 포터와 불의 잔〉에서 내기니는 태아 상태의 볼드모트 경에게 젖을 먹었다. 폴 캐틀링 콘셉트 아트.
그림 2. 〈해리 포터와 죽음의 성물 1부〉에서 바틸다 백셧의 입에서 튀어나오는 내기니. 폴 캐틀링 아트워크.
그림 3. 〈해리 포터와 불의 잔〉의 마지막 묘지 장면에 등장하는 내기니의 디지털 템플릿.
그림 4. 영화 장면으로 완성된 콘셉트.
그림 5. 〈해리 포터와 죽음의 성물 1부〉의 내기니의 놀라운 등장. 폴 캐틀링의 또 다른 관점.

그림 2

간략한 사실

내기니

✳

1. 영화 속 첫 등장: 〈해리 포터와 불의 잔〉

2. 재등장: 〈해리 포터와 혼혈 왕자〉
〈해리 포터와 죽음의 성물 1부〉 〈해리 포터와 죽음의 성물 2부〉

3. 주인: 볼드모트 경

4. 《해리 포터와 죽음의 성물》 1장 설명:
"거대한 뱀이 기대어 쉬려는 듯…… 볼드모트의 두 어깨를 감았다.
뱀의 목은 성인 남자의 허벅지만큼이나 굵었으며, 깜빡이지도
않는 두 눈의 눈동자는 세로로 가늘게 짼 틈처럼 보였다."

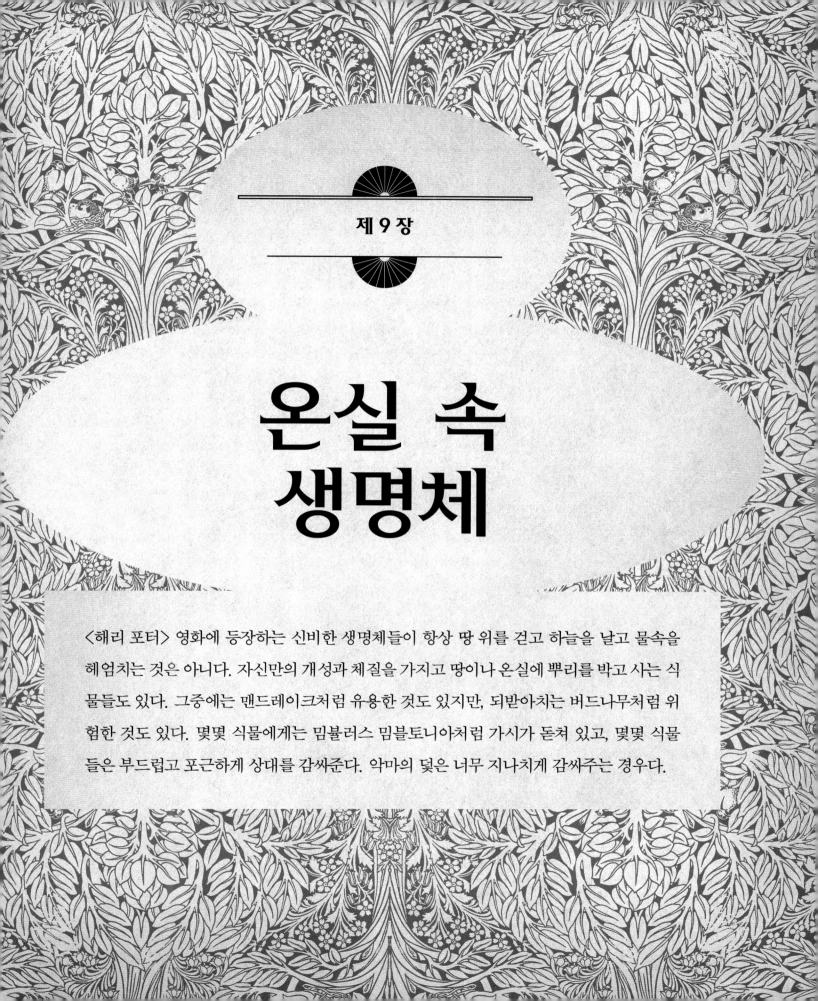

제 9 장

온실 속
생명체

<해리 포터> 영화에 등장하는 신비한 생명체들이 항상 땅 위를 걷고 하늘을 날고 물속을 헤엄치는 것은 아니다. 자신만의 개성과 체질을 가지고 땅이나 온실에 뿌리를 박고 사는 식물들도 있다. 그중에는 맨드레이크처럼 유용한 것도 있지만, 되받아치는 버드나무처럼 위험한 것도 있다. 몇몇 식물에게는 밈뷸러스 밈블토니아처럼 가시가 돋쳐 있고, 몇몇 식물들은 부드럽고 포근하게 상대를 감싸준다. 악마의 덫은 너무 지나치게 감싸주는 경우다.

악마의 덫

악마의 덫은 원거리 사격을 하는 탱탱하고 질긴 식물로, 어둡고 축축한 환경을 좋아하는 덩굴식물에 속한다. 이 식물은 〈해리 포터와 마법사의 돌〉에서 해리 포터, 론 위즐리, 헤르미온느 그레인저가 마법사의 돌을 찾으러 가는 길에 두 번째 장애물로 사용된다. 악마의 덫을 밟거나 이 식물에 부딪히면 그것이 사람이건 물건이건 덩굴손에 꽁꽁 휘감겨 죽고 만다. 〈해리 포터와 마법사의 돌〉에서 악마의 덫에 잡혔을 때 헤르미온느는 덩굴손에서 풀려나려면 온몸에 힘을 풀거나 이 식물에게 밝은 빛, 특히 햇빛을 비추어야 한다는 사실을 떠올린다.

　제작진은 처음에 〈해리 포터와 마법사의 돌〉의 악마의 덫 장면을 디지털 방식으로 만들 생각이었다. 하지만 제작비가 너무 많이 들었다. 이 문제를 해결하기 위해 제작진은 옛날 방식의 실사 특수 효과를 도입하기로 했다. 악마의 덫이 세 사람을 감싸는 장면은 실제로는 거꾸로 촬영했다. 먼저 거대한 덩굴로 배우들을 꽁꽁 감싼 다음, 무수한 덩굴손 밑에 인형 조종사들이 숨어서 천천히 덩굴을 풀었다. 그동안 배우들은 '몸부림'을 쳤다. 이 필름을 거꾸로 돌리면 배우들이 식물에 휘감기는 것처럼 보였다. 이 장면에 쓴 시각 효과는 지팡이에서 나온 '루머스 솔렘' 주문뿐이었다.

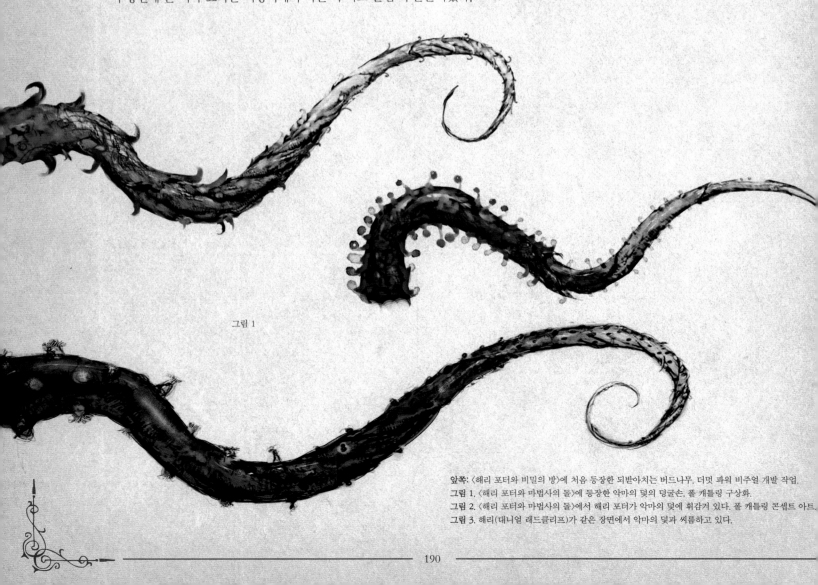

그림 1

앞쪽: 〈해리 포터와 비밀의 방〉에 처음 등장한 되받아치는 버드나무. 더밋 파워 비주얼 개발 작업.
그림 1. 〈해리 포터와 마법사의 돌〉에 등장한 악마의 덫의 덩굴손. 폴 캐틀링 구상화.
그림 2. 〈해리 포터와 마법사의 돌〉에서 해리 포터가 악마의 덫에 휘감겨 있다. 폴 캐틀링 콘셉트 아트.
그림 3. 해리(대니얼 래드클리프)가 같은 장면에서 악마의 덫과 씨름하고 있다.

그림 2

그림 3

"악마의 덫, 악마의 덫,
　　아주 치명적이지만
　　　햇빛을 쐬면 물러갈 거야!"
　　　　　　　　　　—헤르미온느 그레인저
　　　　　　　　　　〈해리 포터와 마법사의 돌〉

그림 1

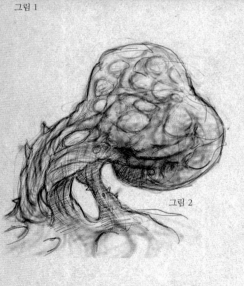

그림 2

그림 4

그림 3

그림 1-5. 폴 캐틀링은 〈해리 포터와 마법사의 돌〉 영화 속 악마의 덫 장면과 각각의 부분들을 탐구했다.
그림 6. 헤르미온느, 해리, 론을 휘감은 악마의 덫의 내부 스케치. 폴 캐틀링 작품.

간략한 사실

악마의 덫

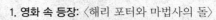

1. 영화 속 등장: 〈해리 포터와 마법사의 돌〉

2. 등장 장소: 호그와트

3. 《해리 포터와 마법사의 돌》 16장 설명:

"헤르미온느가 땅을 디디는 순간, 그 식물은 뱀 같은 덩굴손으로
헤르미온느의 발목을 감아오기 시작했다. 해리와 론은 어땠느냐고?
눈치채지도 못하는 사이에 둘의 다리는 이미 기다란 덩굴로 꽉 묶여 있었다."

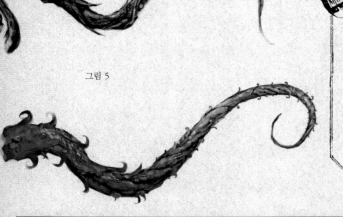

그림 5

그림 6

맨드레이크

맨드레이크의 뿌리인 맨드라고라는 굳어버린 사람에게 활기를 되찾아준다. 〈해리 포터
와 비밀의 방〉에서 약초학 교수 퍼모나 스프라우트는 2학년 학생들에게 맨드레이크를
배정해준다. 그리고 귀마개를 쓰라고 지시한다. 맨드레이크의 비명을 들으면 사람이 죽
을 수도 있기 때문이다.

그림 1

그림 2

그림 3

그림 1. 〈해리 포터와 비밀의 방〉에서 퍼모나 스프라우트 교수(미리엄 마고일스)가 약초학 수업에서 맨드레이크의 분갈이 시범을 보이고 있다.
그림 2. 맨드레이크들이 열을 지어 온실 안에서 자라고 있다. 그림 3. 스프라우트 교수의 수업. 더멋 파워 비주얼 개발 작업.
그림 4, 5. 이파리가 없고 악을 쓰는 맨드레이크와 조용하면서 이파리가 있는 맨드레이크. 더멋 파워 작품.

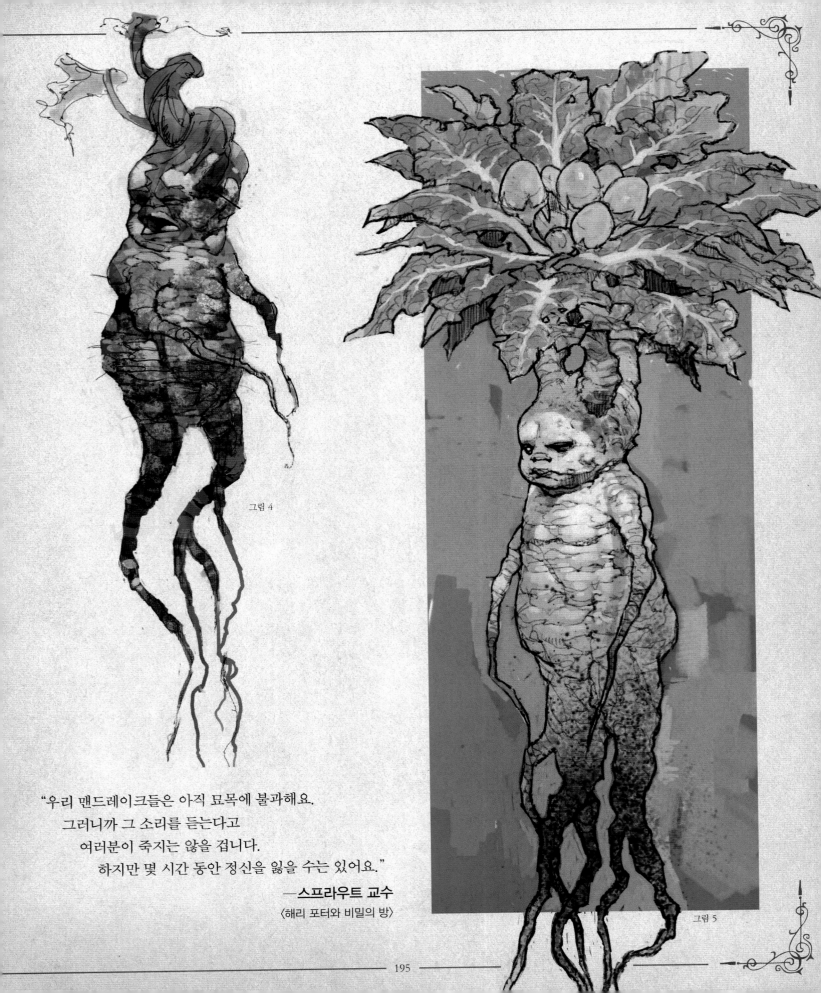

그림 4

"우리 맨드레이크들은 아직 묘목에 불과해요.
그러니까 그 소리를 듣는다고
여러분이 죽지는 않을 겁니다.
하지만 몇 시간 동안 정신을 잃을 수는 있어요."

—**스프라우트 교수**
〈해리 포터와 비밀의 방〉

그림 5

〈해리 포터와 비밀의 방〉에는 맨드레이크가 등장한다. 이 생명체 잎
사귀의 비주얼 개발 작업은 실제 맨드레이크 식물을 바탕으로 했다. 몸
통과 팔다리를 제대로 표현해야 했기 때문이다. 특수 제작소 디자이너들
은 맨드레이크의 몸을 만들 때, 아기 맨드레이크를 안아주고 싶을 만큼
너무 귀엽게 만들면 안 된다고 생각했다. 맨드레이크는 죽여서 해독제
를 만드는 데 쓰였기 때문이다. 그래서 주름투성이에 악을 쓰는 표정으
로 되도록 끔찍하고 보기 싫게 만들었다. 제작 팀은 몸이 절반쯤 화분 밖
으로 나온 기계 맨드레이크를 50뿌리 이상 완벽하게 제작했고, 이를 아
주 단순한 실사 특수 효과—애니매트로닉 인형 장치—로 작동시켰다.
맨드레이크의 기계 장치는 화분 안에 있었고, 온실 테이블 밑의 조종 장
치로 움직였다. 일단 애니매트로닉 장치를 켜면 맨드레이크는 몸을 비틀
고 꼼지락거리는 등의 동작을 했는데, 빠르거나 느리게도 할 수 있었다.

스프라우트 교수와 드레이코 말포이를 포함한 몇몇 학생의 맨드레이
크는 비슷하게 움직였다. 이 맨드레이크들은 화분에서 뽑힌 다음에도
입과 팔다리를 움직여야 했는데, 이런 동작들은 무선 장치로 조종했다.

그림 2

그림 1

그림 1, 5. 더멋 파워는 〈해리 포터와 비밀의 방〉의 비주얼 개발 작업에 영감을 얻기
위해 실제 맨드레이크를 연구했다.
그림 2. 애니매트로닉 맨드레이크들이 화분 밖으로 나와 특수 제작소에 걸려 있다.
그림 3. 〈해리 포터와 비밀의 방〉에서 헤르미온느 그레인저(에마 왓슨, 가운데)가
분갈이를 하기 위해 맨드레이크를 뽑아 든 장면.
그림 4. 그다지 사랑스럽지 않은 애니매트로닉 아기 맨드레이크를 클로즈업했다.

간략한 사실

맨드레이크

✳

1. **영화 속 등장:** 〈해리 포터와 비밀의 방〉

2. **등장 장소:** 호그와트의 온실

3. **《해리 포터와 비밀의 방》 6장 설명:**

"땅에서는 뿌리 대신 작고 진흙투성이에 극도로 못생긴 아기가 뛰어나왔다.
잎이 그 아기의 머리에서 자라나고 있었고 피부는 창백한 녹색에
얼룩덜룩했다. 아기는 허파가 찢어지도록 악을 써대고 있는 게 분명했다."

그림 3

그림 4

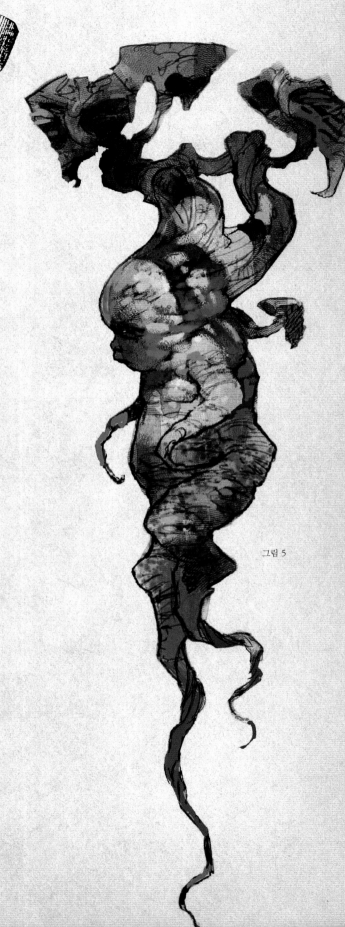

그림 5

되받아치는 버드나무

<해리 포터> 영화에 등장하는 되받아치는 버드나무는 호그와트의 정원에서 자라는 위험하고 심술궂은 식물로, 가지들을 휘둘러 상대를 휘어잡고 때린다. 이 나무는 몹시 튼튼하다. <해리 포터와 비밀의 방>에서 론 위즐리와 해리 포터는 위즐리 집안 소유의 하늘을 나는 포드 앵글리아를 타고 가다가 이 나무의 가지에 부딪히는데, 이때 나무보다 차가 더 많이 부서진다. 되받아치는 버드나무에는 비명을 지르는 오두막으로 들어가는 비밀 입구가 있다. 이 사실은 <해리 포터와 아즈카반의 죄수>에서 밝혀진다.

그림 1. <해리 포터와 비밀의 방>에서 하늘을 나는 포드 앵글리아가 되받아치는 버드나무에 부딪히기 직전의 콘셉트 아트, 더멋 파워 작품.
그림 2. <해리 포터와 비밀의 방>에서 위즐리 집안 소유의 하늘을 나는 자동차가 해리 포터(대니얼 래드클리프)와 론 위즐리(루퍼트 그린트)를 태우고 호그와트 정원에서 되받아치는 버드나무와 충돌한다.
그림 3. 안개 낀 밤 되받아치는 버드나무의 실루엣. 더멋 파워 작품.

"네가 태어나기 전부터 여기 있었던
되받아치는 버드나무에 끼친 피해까지는
말하지 않더라도 말이지."

—세베루스 스네이프
<해리 포터와 비밀의 방>

그림 1

그림 2

그림 3

디자이너들은 〈해리 포터와 비밀의 방〉에서 되받아치는 버드나무가 맡은 역할—차를 집어삼켰다가 내뱉는 일—을 고려해서 나무를 크게 만들기로 했다. 그것도 아주 크게. 〈해리 포터〉 영화 제작 중에 종종 일어나는 일이지만, 특수 효과, 시각 효과, 미술 팀이 함께 의논한 결과, 원래 컴퓨터 작업으로 만들려던 나무는 높이가 26미터에 이르는 거대한 실물로 제작되었다. 그 첫 단계로, 유압식으로 작동하는 토대를 설치한 다음, 고무로 만든 나무줄기를 씌워서 이 장치를 가렸다. 여기에 차가 들어가면 흔들리게 할 수 있었다. 그런 다음, 유압식으로 작동하는 가지를 더해서 자동차를 붙들고 이리저리 비틀게 했다. 줄기와 가지는 왈도 장치라는 나무의 미니어처 버전으로 조종했다. 왈도는 컴퓨터를 통해서 실제 크기 나무에 전기 신호를 보내 행동을 통제하는 장치다. 나무는 이 신호를 받으면 왈도의 움직임을 따라 했다.

〈해리 포터와 아즈카반의 죄수〉에서 되받아치는 버드나무는 경기장 근처에서 호그와트 성에 더 가까운 곳으로 옮겨진다. 크기 역시 작아진다. 검은 개가 론을 붙잡아 안으로 끌고 들어가는 연속 동작이 나무 밑동에서 일어나기 때문이다. 하지만 되받아치는 버드나무는 여전히 위험해서, 채찍 같은 가지로 해리와 헤르미온느 그레인저를 붙들고 공중에 휘두른다. 동작 제어 장치는 애니매틱—스토리보드는 디지털로 만들었다—에 설계된 대로 대니얼 래드클리프(해리)와 에마 왓슨(헤르미온느)을 휘둘렀다. 그런 다음 이 장치의 움직임을 컴퓨터로 옮겨서 나뭇가지를 사납게 휘두르며 상대를 휘어잡는 움직임으로 바꾸었다. 너무 위험한 동작에는 래드클리프와 왓슨 대신 두 사람의 3D 디지털 모형을 사용했다.

그림 2

그림 1

간략한 사실

되받아치는 버드나무

✳

1. **영화 속 첫 등장:** 〈해리 포터와 비밀의 방〉

2. **재등장:** 〈해리 포터와 아즈카반의 죄수〉

〈해리 포터와 불의 잔〉 〈해리 포터와 죽음의 성물 2부〉

3. **등장 장소:** 호그와트 정원

4. **《해리 포터와 비밀의 방》 5장 설명:**

"이제 앞 유리는 주먹 마디처럼 생긴 잔가지들의 공격으로
숫제 떨리고 있었다. 한편으로는 파성추만큼이나 굵은 큰 가지
하나가 격렬하게 지붕을 두드려대는 중이었다……"

그림 1. 〈해리 포터와 비밀의 방〉에서 포드 앵글리아가 되받아치는 버드나무와 부딪힌 다음 나무 밑동에 서 있다. 더멋 파워 콘셉트 아트. **그림 2.** 〈해리 포터와 비밀의 방〉에서 포드 앵글리아가 호그와트 정원으로 하강하기 시작한다. 더멋 파워 아트워크. **그림 3.** 〈해리 포터와 아즈카반의 죄수〉에 등장한 되받아치는 버드나무의 가을 모습. 더멋 파워 작품.
그림 4. 〈해리 포터와 아즈카반의 죄수〉에 등장한 되받아치는 버드나무의 겨울 모습, 애덤 브록뱅크 작품.

그림 3

그림 4

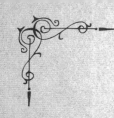

밈뷸러스 밈블토니아

<해리 포터와 불사조 기사단>에서 네빌 롱바텀은 학교에 밈뷸러스 밈블토니아를 가져온다. 회색빛이 도는 이 울퉁불퉁한 식물은 꿈틀거리고 진동하며, 화가 나면 끈끈한 액체도 쏜다. 네빌은 이 식물을 아주 잘 돌본다. 이 식물은 <해리 포터와 죽음의 성물 2부>의 필요의 방 장면에도 등장했는데, 가까이에 무선 송신기가 놓여 있었다.

밈뷸러스 밈블토니아는 맨드레이크와 비슷한 방식으로 조종했다. 식물 안쪽에 금속 골격을 설치한 다음, 무선 조종기를 이용해 뒤틀거나 움츠러들게 한 것이다. 이런 간단한 동작을 하는 생명체는 무선 조종기로 실행하지만, 좀 더 복잡하고 정교한 움직임을 보이는 생명체에는 컴퓨터 프로그램이 필요하다.

<해리 포터와 불사조 기사단>에서 삭제된 장면이 하나 있다. 네빌이 그리핀도르 휴게실에서 밈뷸러스 밈블토니아를 조사하다가 실수로 찌르면 안 되는 곳을 찌르자, 이 식물이 네빌의 온몸에 녹색 오물을 뿜는 장면이다. 데이비드 예이츠 감독은 매슈 루이스(네빌 롱바텀)에게 오물을 맞을 때 반응하지 말라고, 꼼짝도 하지 말라고 지시했다. 하지만 루이스는 무슨 일이 벌어질지 알았기 때문에, 가만히 있는 일이 갈수록 힘들어졌다고 고백했다. 그는 다시 촬영할 때마다 옷을 갈아입고 씻어야 했다.

그림 1

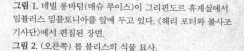

간략한 사실

밈뷸러스 밈블토니아

1. **영화 속 첫 등장:** <해리 포터와 불사조 기사단>
2. **재등장:** <해리 포터와 죽음의 성물 2부>
3. **등장 장소:** 그리핀도르 휴게실, 필요의 방
4. **《해리 포터와 불사조 기사단》 10장 설명:**
"[네빌이]……꺼낸 것은 화분에 담긴 작은 회색 선인장처럼 보였다. 단, 그 선인장은 가시라기보다는 고름이 찬 종기처럼 보이는 것으로 잔뜩 뒤덮여 있었다."

그림 1. 네빌 롱바텀(매슈 루이스)이 그리핀도르 휴게실에서 밈뷸러스 밈블토니아를 앞에 두고 있다. <해리 포터와 불사조 기사단>에서 편집된 장면.
그림 2. (오른쪽) 롭 블리스의 식물 묘사.

베네무스 텐타큘라

〈해리 포터와 혼혈 왕자〉에서 해리 포터는 펠릭스 펠리시스 마법약을 마시고 온실 옆을 지나가다가 호레이스 슬러그혼 교수를 본다. 이 식물이 등장하는 영화 속 유일한 장면으로, 슬러그혼 교수는 베네무스 텐타큘라의 잎을 잘라낸다. 이 식물의 이름에서 베네무스는 독성을, 텐타큘라는 잎이 무성한 덩굴식물을 뜻한다. 물결치듯 움직이며 상대를 휘어잡는 텐타큘라의 덩굴손은 컴퓨터 작업으로 만들었다.

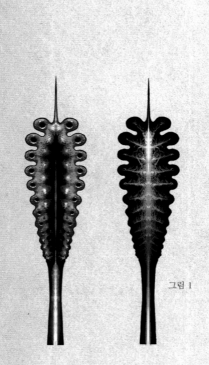

그림 1

그림 2

"그거 텐타큘라 잎 아닌가요, 교수님?
그거 아주 비싸죠, 그렇죠?"

—해리 포터
〈해리 포터와 혼혈 왕자〉

그림 1. 〈해리 포터와 혼혈 왕자〉에 등장한 베네무스 텐타큘라의 움켜잡는 촉수들 예시. 애덤 브록뱅크 작품.
그림 2. 〈해리 포터와 혼혈 왕자〉에 등장한 베네무스 텐타큘라의 전체 모습. 애덤 브록뱅크 작품.
그림 3. 데이비드 예이츠 감독이 배우 짐 브로드벤트(호레이스 슬러그혼)에게 베네무스 텐타큘라가 온실 속에서 어떻게 나타나는지 시범을 보이고 있다.
그림 4. 〈해리 포터와 혼혈 왕자〉에서 해리 포터(대니얼 래드클리프, 뒤)가 슬러그혼(짐 브로드벤트)이 몰래 텐타큘라의 잎을 자르는 모습을 보는 장면.

그림 3

간략한 사실

베네무스 텐타큘라

✶

1. 영화 속 등장: 〈해리 포터와 혼혈 왕자〉

2. 등장 장소: 약초학 온실

3. 《해리 포터와 비밀의 방》 6장 설명:

"스프라우트 교수는 이야기를 하는 동시에 가시가 달린 어두운 갈색 식물을 얼얼할 정도로 세게 후려쳤다. 그러자 그 식물은 스프라우트 교수의 어깨 너머로 슬금슬금 뻗어오던 기다란 촉수를 집어넣었다."

"물론, 내 관심은…… 순전히 학문적인 것이지."

—호레이스 슬러그혼
〈해리 포터와 혼혈 왕자〉

그림 4

날아다니는 자두

〈해리 포터와 죽음의 성물 1부〉에 등장하는 날아다니는 자두는 어두운 색으로 반짝이는 무성한 이파리들 사이에서 거꾸로 자라는 것으로 묘사되었다. 〈해리 포터와 죽음의 성물 1부〉에서 제노필리우스 러브굿의 집을 방문한 해리 포터, 헤르미온느 그레인저, 론 위즐리는 러브굿의 집 옆에서 이 식물을 보게 된다. 날아다니는 자두는 주황색이고, 자두보다는 순무와 비슷한 형태다. 그리고 헬륨을 가득 채운 풍선처럼 날아갈 수 있다. 〈해리 포터와 불사조 기사단〉에서 루나 러브굿은 날아다니는 자두 모양의 귀고리를 하고 등장한다. 루나를 연기한 이반나 린치는 시리즈 내내 순무 모양의 귀고리를 비롯해서 배역에 어울리는 여러 가지 장신구를 만들어서 착용했다.

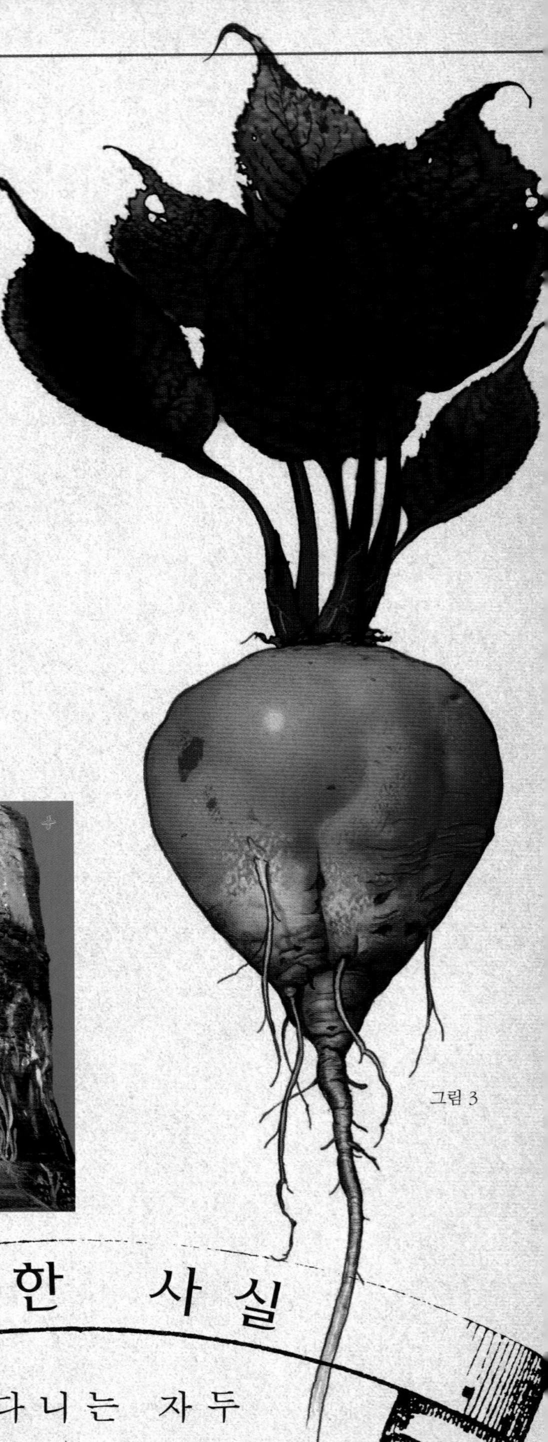

"날아다니는 자두에 접근하지 말라고?"

—**론 위즐리**

〈해리 포터와 죽음의 성물 1부〉에서
러브굿네 집 앞의 표지판을 읽으며

그림 2

그림 3

그림 1

간략한 사실

날아다니는 자두

✳

1. 장신구로 영화 속 첫 등장:
〈해리 포터와 불사조 기사단〉

2. 나무로 영화 속 첫 등장:
〈해리 포터와 죽음의 성물 1부〉

3. 등장 장소: 제노필리우스 러브굿의 집

4. 《해리 포터와 죽음의 성물》 20장 설명:
"정문까지 지그재그로 이어진 오솔길은 여러 종류의 기이한 식물들로 뒤덮여 있었는데, 그중에는 루나가 가끔씩 귀고리로 하고 다니는 주황색 순무 같은 열매가 달린 덤불도 있었다."

그림 1, 3. 〈해리 포터와 죽음의 성물 1부〉에 등장한 날아다니는 자두의 표본, 애덤 브룩뱅크 습작. **그림 2.** 〈해리 포터와 죽음의 성물 1부〉 세트장 안 러브굿 집 앞의 날아다니는 자두나무. **그림 4.** 같은 장면에 헤르미온느, 해리, 론이 있다. 애덤 브룩뱅크 콘셉트 아트.

KEEP OFF
THE
DIRIGIBLE
PLUMS

해리 포터와 생명체 금고
영화 속 마법 동물과 식물

초판 1쇄 발행 2016년 11월 7일
초판 4쇄 발행 2021년 4월 15일

지은이 | 조디 리벤슨
옮긴이 | 고정아
발행인 | 강봉자 · 김은경
펴낸곳 | (주)문학수첩
주 소 | 경기도 파주시 회동길 503-1(문발동 633-4) 출판문화단지
전 화 | 031-955-9088(대표번호), 9534(편집부)
팩 스 | 031-955-9066
등 록 | 1991년 11월 27일 제16-482호

홈페이지 | www.moonhak.co.kr
블로그 | blog.naver.com/moonhak91
이메일 | moonhak@moonhak.co.kr

ISBN 978-89-8392-627-2 03840

이 도서의 국립중앙도서관 출판예정도서목록(CIP)은 서지정보유통지원시스템 홈페이지(http://seoji.nl.go.kr)와
국가자료공동목록시스템(http://www.nl.go.kr/kolisnet)에서 이용하실 수 있습니다.(CIP제어번호: CIP2016022783)

*파본은 구매처에서 바꾸어 드립니다.